★ 诗词歌赋　老兵情怀 ★

向光荣神秘的国防科委驻陕西秦岭部队致以崇高的军礼

中国人民解放军
65式军装的帽徽领章

作者当年的军旅照

1976年北京兵
入伍四十周年纪念章

诗能言志　　歌可抒怀

荣誉证书
Honorary Certificate

范爱军 老师：

您创作的作品《中华民族魂》在"感动中国———全国首届著名朗诵家（电视主持人）朗读诗词文学作品"征集活动中，作品优异，特授予：

新时代诗词风云人物奖

特发此证以示鼓励！

感动中国诗词文学创作组委会
2018年6月
组委会

诗词歌赋作品集

秦岭啊 你作证

范爱军 著

北京燕山出版社
YSP BEIJING YANSHAN PRESS

内容简介

　　本书是一部诗词歌赋作品集,作者为一位退伍老兵。数十年来,他一直喜欢诗词歌赋,并随着时代的脚步将自己的心灵感悟用诗词歌赋的形式予以真实记录。作者作为"50后",几十年来,他经历了十年"文化大革命",经历了部队大熔炉的锻炼,经过了工厂大生产的考验,走过了一条充满不同色彩、拥有不同层面的人生道路。

　　该书中的90余篇诗词歌赋作品,都是作者在人生经历上采撷的朵朵浪花。作者秉承着一名共产党员、一名退伍军人、一名守法公民的正直本性和道德操守,通过一首首发自内心真挚情感的作品,抒发了对伟大的中国共产党、中华人民共和国、中国人民解放军和中华民族的深情厚意和无限依恋,抒发了对社会主义美好生活的无限热爱,抒发了对我国改革开放四十年来所取得的伟大成就的热情洋溢的讴歌和赞美。

　　作者用细腻的笔触和传统的表现手法,向人们展示出他明朗的内心世界和对美好未来的真挚憧憬。作品主题彰显出作者坚定正直的世界观、人生观和价值观,充满了正能量,流露出作者的远大理想、坦荡胸怀和青春活力。因此,本书值得广大读者朋友们欣赏和品读。

自 序

范爱军

  我是一名"50后",今年已经年过花甲,六十有二了。我生在新中国,长在红旗下,是个土生土长的"老北京",从小就沐浴着党的阳光长大,对党充满了敬爱之情。我坚信,没有共产党就没有新中国,我坚信只有社会主义才能够救中国。我见过成千上万的红卫兵从我的家门口走向王府井,走向东长安街,走向天安门广场去接受伟大领袖毛主席的亲切接见和检阅。我帮助大孩子们撒过不知道内容的传单,戴过毛主席像章,参加过庆祝"最新指示"发表的午夜游行。

  上小学的时候,我参加过红小兵,参加过1970年"11·24"野营拉练。1971年3月我在北京二十五中学上学了,第三批加入了红卫兵。1972年4月,我成了排里的第一名共青团员,继而当上了排长。到了初中三年级的时候,自己就顺理成章地当了排里的团支部书记。到了1974年上高中一年级的时候,我又当上了学校团总支的委员。上中学期间,我还参加了学工、学农、支援三夏的拉练活动……

秦岭啊 你作证

回想起当年的情景,自己在当时也算是学校里小有名气的人物了!现在看来,那时的一切不过是几句笑谈。我的学生时代不夸张地说,真可谓是在顺风顺水中度过的。1976年1月,周总理逝世,我和同学们为周总理做过花圈,开过追悼会,并在西长安街上为他老人家送了最后一程。1976年,正当我们"铁心务农小分队"准备到农村插队的时候,部队征兵的同志来到了学校,并明确指出:"我们是国防科委的部队,政审的条件是重中之重。必须是根正苗红的、祖宗三代历史清楚的、亲属之中没有重大犯罪的,只有符合这三条标准的才能调阅档案。"就这样,我报名应征。

经过层层筛查,我被批准光荣入伍了,在中国人民解放军某部队服役。这是一支"天字一号"的绝密部队,是新中国的唯一骄子,为新中国担负着战略支撑和绝地反击的重大历史使命。当年隶属国防科委,后来归属第二炮兵战斗序列,现在改称为中国人民解放军火箭军。在这所大学校里,我学到了对党的忠诚。在这个大熔炉里,我炼成了军人的担当。在当兵的四年里,我经历了两次一级战备。第一次是1976年9月毛主席逝世,第二次是1979年2月对越自卫还击作战。当兵期间,我受过三次嘉奖。历任战士、文书、班长。1979年3月,我在部队加入了中国共产党。1980年退伍回京以后,我先后在北京市灯泡厂、北京市热力公司、首开集团望京实业总公司工作直至退休。

多少年以来,我以一位诗歌爱好者的视角观察和审视社会。通过几十年工作生活的长期实践,我不断地在诗歌创作的道路

上努力前行,在诗歌的广阔天地之中自由辛勤地耕耘。由于多年的积累和沉淀,写于不同年代的各种诗歌已经为数不少,林林总总几多情,圈圈点点数十篇。虽无绝妙惊人语,却是真诚肺腑言。自古诗词能言志,意气风发点江山;吾今甲子虽已过,心仍激越似少年。

　　为了能在有生之年完成夙愿,把自己诗歌创作的点点心血凝聚成光辉绚丽的花朵,走进中国诗歌神圣庄严的华丽殿堂,为后人留下一点小小的念想,为万紫千红的诗歌百花园增加一片小小的绿叶,于是我便萌发了出版诗集的想法。

　　自己几十年来,经历了"文化大革命"的动乱,经历了部队大熔炉的锻炼,经过了工厂大生产的考验,走过了一条充满不同色彩、拥有不同层面的人生道路。悠悠的岁月,淡淡的风情,缕缕的乡愁,美美的晚景,就是自己人生的基本写照。这些作品都是我发自内心的情感,我用激扬的文字、恰当的修辞和真挚的感情对历史上发生的各种重大事件进行热情洋溢的讴歌和赞美。我始终秉承着一名共产党员、一名退伍军人、一名守法公民的正直本性和道德操守,通过一篇又一篇的诗歌作品,抒发了对中国共产党、对中华人民共和国、对中国人民解放军和伟大的中华民族的深情厚意和无限的依恋,抒发了自己对社会主义美好新生活的无限热爱。我感觉自己的作品立场坚定、旗帜鲜明、是非明了、黑白分明,字里行间都流露出我一个草根诗人的远大理想和坦荡的胸怀。

　　诗能言志,歌可抒怀,我就是在用诗歌这种文学艺术的形式

来向世人展示自己明朗的内心世界和对美好未来的真挚憧憬。我用细腻的笔触、用正直和善良、用传统的德性、用诚心和实意抒发对祖国、对人民、对大地、对江河、对山川、对湖海、对苍穹、对日月、对空气、对食物的感恩之情。

我虽已到了耳顺之年,但所写的诗歌依然充满了青春的活力和勃勃的生机。每当自己写完了一首诗歌,我都会反复朗读,仔细推敲,直到有了心潮澎湃、热血沸腾的感觉方才罢笔。纵观本部诗集的九十余首诗歌,无不散发着我美好正直的世界观、人生观和价值观,全部作品都毫无疑问地充满了无穷的正能量。实事求是地讲,这本诗集的确是一本值得欣赏品读、激人上进的励志好书。衷心希望得到各位亲爱的读者们的支持,我真心实意地爱着你们!

2018 年 8 月 18 日写于北京

目 录

自 序 ……………………………………………… 1

战士抒情 …………………………………………… 1
让鲜红的党旗高高飘扬 …………………………… 22
红色甲子礼赞 ……………………………………… 33
让奥运圣火在中华大地上点燃 …………………… 53
中国在震撼和流血中巍然挺立 …………………… 60
擂响低碳生活的战鼓 ……………………………… 74
拯救地球,我们人类共同的家园 ………………… 79
献给鲜血染红的八一军旗 ………………………… 84
长征谣 ……………………………………………… 92
中国当自强 ………………………………………… 96
中国——启航 ……………………………………… 99
中国脊梁 …………………………………………… 112
中华民族魂 ………………………………………… 119
长城万里雄 ………………………………………… 125
黄河献辞 …………………………………………… 127
毛泽东赞 …………………………………………… 129
周恩来之歌 ………………………………………… 131
朱德颂 ……………………………………………… 135
党旗赋 ……………………………………………… 138

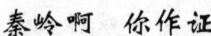

运河赋	142
元宵节赋	147
端午赋	148
春色赋	151
月光赋	152
中秋赋	154
秋色赋	156
秦岭啊，你作证	158
月光照在筒子河上	162
北京之恋	167
歌唱北京城	169
萤火虫	171
兰花草	173
血奠卢沟桥	175
军人的荣誉	178
溪水	183
醉爱	186
关山月	187
春夜偶听小雨有感	188
新春献辞	189
登司马台长城	191
登棒槌山	192
登香炉峰	193
国庆颂	195
挽金孔雀	197
为"嫦娥"奔月而抒怀	199

美好的生活要明白地过	201
人间百像图	204
为南京遇难者致哀	209
我们不服老	211
心之百态	215
铸造中国人的辉煌	222
"一带一路"赞	226
走好自己的路	228
巴厘岛游记	231
为崛起的中国喝彩	237
黄昏颂	238
我的心中亮着一盏烛光	240
爱上了山路上的那一抹晚霞	243
梦在朦胧的夜色中绽放	245
雪花飘舞在冬天	248
渴望中的自由	250
淅沥相思雨不停	255
夜读有感	257
鹊桥相会有感（两首）	258
战士的情怀	261
我爱生活的每一个片段	263
逆转你的人生	265
难忘入党的那一天	268
岁寒四友唱中华	271
与爱同行	273
她从梦中来	277

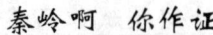

缅怀周总理	279
贺新春	281
走向诗意盎然的远方	282
海棠湾晨曲	284
海棠湾之夜	286
夜游随笔	289
月下小咏	290
元宵赋	291
铁血军魂天地间	293
戍边谣	299
为她们献上赞美的诗	301
再见了 海棠湾	304
随意写来的诗	306
顽石的新生	309
寻找生活的激情	310
五四运动世纪赋	315
为中国鼓掌 为中国歌唱	317
国庆颂	322
红川恋歌	324
无题的春天	329
北京放歌	331
北京站的钟声	344
深深的思念	346

后　记 …… 369

抒情长诗

战士抒情

——写在中华人民共和国成立
　　三十周年的幸福日子里

鲜红的帽徽
　　亮晶晶
　　　　血染的领章
　　　　　　红彤彤
心潮起伏啊
　　侧耳听
　　　　春风送来了
　　　　　　轰响的雷鸣
轰——
　　轰——
　　　　轰——
三十年大庆的
　　　　礼炮啊
震动着祖国
　　震撼着世界
　　　　震响在宇宙
　　　　　　银河刮起了
　　　　　　　　万里长风

秦岭啊 你作证

轰——

  轰——

    轰——

散沙加上

  红色的水泥

    浇筑成了

      坚固的碉堡

东方巨人

  又一次

    宣告自己

      庄严的声明

轰——

  轰——

    轰——

中华民族

  不可辱

    中国人民

      腰杆硬

轰——

  轰——

    轰——

威武的雄狮

    下达了

      出征的号令

为实现四化

    攀登

      攀登

        攀登

我们要攀上

工业、农业、国防和
　　科学技术的
　　　　千万座高峰

轰——
　　轰——
　　　　轰——
三十年大庆的
　　声声礼炮啊
吓坏了
　　莫斯科的小丑
　　　　震裂了
　　　　　　华盛顿的宫顶
轰——
　　轰——
　　　　轰——
三十年大庆的
　　声声礼炮啊
带来了
　　世界人民的希望
　　　　惊醒了
　　　　　　帝国主义的迷梦
此时此刻
　　我们是
　　　　多么自豪
　　　　　　又多么光荣
此刻此时
　　我们是
　　　　多么幸福
　　　　　　又多么激动

啊,祖国
　　　请检阅吧
　　　　　我们这严整的
　　　　　　　　军容
左手横握弹匣
　　右手紧握枪颈
满含泪水的双眼啊
　　注视着鲜红的国旗
淌在腮边的
　　泪珠啊
　　　　凝聚着
　　　　　　战士的深情
听吧
　　耳边响起了
　　　　《国歌》的乐曲
多么雄伟
　　多么庄重
　　　　多么神圣
它是号角
　　召唤我们
　　　　为真理而斗争
它是战鼓
　　激励我们
　　　　为四化而出征
站在海边
　　立在山顶
　　　　心里向着北京
我们敞开喉咙高喊
　　伟大的祖国啊——

　　　　战士向您致敬！
　　　　　　向您致敬啊
　　　　　　　　　向您——致——敬！
战士的胸口
　　　充满着
　　　　　澎拜的激情
我们暗暗地宣誓
　　　放心吧，祖国
我们记住了
　　　母亲过去的苦难
我们记住了
　　　人民的期望
　　　　　和党的叮咛
我们永远是
　　　革命的战士
　　　　　我们永远是
　　　　　　祖国的卫兵
我们愿做
　　　祖国建设的
　　　　　铺路石
我们愿做
　　　闪闪发光的
　　　　　螺丝钉
看吧
　　从南到北
　　　　从西到东
从高山到大海
　　　　从平原到丘陵
到处都有

您的儿女
　　到处都有
　　　　警惕的眼睛

这就是
　　真正的
　　　　铜墙铁壁

这就是
　　新中国的
　　　　万里长城

东方的红日
　　喷薄而出
　　　　映红了满天的朝霞

带着勃勃的生机
　　　上升，上升
　　　　冉冉地上升

千道金辉
　　万丈霞光
　　　　洒向国旗
　　　　　　宛如仙境

五颗金星告诉我们
　　什么是党的领导
　　　　什么是社会构成

望着你
　　这飘扬的英姿
　　　　战士的心中啊
　　　　　　风雷滚滚
　　　　　　　　热血沸腾

你那拂在
　　战士肩头的旗角

仿佛是在
　　　为自己英雄的儿女
　　　　　　拂去征尘
　　　　　　　　　擦亮红星
我们看到你
　　　就像是
　　　　　看到了母亲那
　　　　　　　慈祥温柔的眼睛
关怀,期望和鞭策
　　　从这里流露出来
你们年纪还小
　　　正值风华正茂
　　　　　　正是体壮年轻
你们朝气蓬勃
　　　你们血气方刚
你们要
　　　冲破私有观念的
　　　　　　狭隘禁锢
你们要
　　　砸碎封建迷信的
　　　　　　　约定俗成
踢开一切绊脚石
　　　扫除所有的害人精
向着
　　　光明灿烂的
　　　　　二○○○年冲刺
向着
　　　人类理想的
　　　　　共产主义启程

秦岭啊 你作证

生命不息
　　前进不止
　　　　生活六十秒
　　　　　　战斗到表停
祖国的嘱托
　　像金石一样
　　　　铭刻在
　　　　　　战士的岗亭
飘扬吧
　　五星红旗
　　　　展出中国人民的
　　　　　　　志气
　　　　抖出中华民族的
　　　　　　　威风
您是我们
　　炎黄儿女永远的
　　　　　　骄傲
您是我们
　　人民共和国神圣的
　　　　　　象征
啊,祖国
　　当我巡逻在
　　　　乌苏里江畔
　　当我守卫在
　　　　天山的雪顶
当我驾驶着
　　英雄的战舰
　　　　劈波斩浪
当我乘坐着

威武的银燕
　　追月逐星
我多么想
　　多么想
　　　　为你高歌
　　　　　　把你高擎
我为有
　　您这样的母亲
　　　　而自豪
我为能
　　为您站岗放哨
　　　　而荣幸
八百里秦川啊
　　耸立着
　　　　千万座高峰
路途遥远啊
　　连接着
　　　　红色的北京
这小小的哨位啊
　　是祖国的
　　　　一面盾牌
抵挡着
　　越修射来的子弹
　　　　捍卫着
　　　　　　中华大地的安宁
这小小的岗亭啊
　　　　是祖国的
　　　　　　一块界碑
怒视着

秦岭啊　你作证

北极熊贪婪的魔爪

　　保护着

　　　　领土主权的完整

想侵略吗

　　想把我们的祖国

　　　　一口吞掉

纯属就是

　　井蛙想吃天鹅肉

　　　　白日做梦

睁开你那

　　十九世纪的睡眼

　　　　仰视一下

　　　　　　新中国这只

　　　　　　　　红色的大鹏

我们要让

　　帝修反

　　　心惊胆战

我们要使

　　无产者

　　　举杯欢庆

来吧

　　我们有

　　　　坦克、大炮、原子弹

来吧

　　我们有

　　　　鱼雷、战舰、核潜艇

来吧

　　我们既有

　　　　步枪、刺刀、手榴弹

来吧
　　我们更有
　　　　飞机、导弹和卫星
这就是
　　我们的
　　　　陆海空军啊
这就是
　　新中国的
　　　　红色士兵
不知趣吗？
　　先来尝尝
　　　　我们的铁拳
试一试
　　你们的狗头
　　　　能有多硬？
我们
　　憧憬着
　　　　全世界实现大同
我们
　　记住了
　　　　帝修反的豺狼本性
千里风雷
　　在耳边震响
　　　　万顷波涛
　　　　　　在胸中翻腾
我们勇敢
　　我们坚强
　　　　我们用热血
　　　　　　我们用生命

建设
　　祖国的堡垒
　　　　保卫
　　　　　　四化的建成
这就是
　　战士的职责啊
　　　　这就是
　　　　　　战士的衷情
流水潺潺
　　鸟语花香
　　　　松涛明月
　　　　　　云海翻腾
在这古老的
　　原始森林
　　　　在这寂静的
　　　　　　秦岭山中
我们
　　朝着东方的红日
　　　　我们
　　　　　　向着节日的北京
倾听着
　　国庆的礼炮
　　　　默诵着
　　　　　　对党的忠诚
祖国啊
　　祝福你
　　　　鹏程万里
　　　　　　大展宏图
祖国啊

祝福你
　　政通人和
　　　　繁荣昌盛
多少个夜晚啊
　　多少个黎明
　　　　多少次畅想啊
　　　　　　多少个梦境
我们盼望你
　　成为真正的巨人
　　　　把世界革命的
　　　　　　　大旗高擎
二〇〇〇年
　　我们要走在
　　世界的前列
山高路险
　　责任重大
　　　前景光明
历史的重担
　　摆在面前
　　　道路崎岖
还会有
　艰难曲折
　　　还会有
　　　　流血牺牲
历史再发问：
　　这个任务
　　　　谁来担承？
顷刻间
　　铁拳高举一片

霎时间
　　响起报告声声
我们完成
　　我们完成
　　　我们坚决完成
放眼展望啊
　　九百六十万
　　　平方公里的
　　　　神州大地
站立起了
　　整整九亿的
　　　工农商学兵
不同的民族啊
　　不同的阶层
　　　不同的年岁啊
　　　　不同的姓名
组成了
　　新长征的大军
　　　形成了
　　　　革命事业的
　　　　　老中青
看吧
　　为了民族的团结
　　　看吧
　　　　为了祖国的安定
又是一声报告
　　响彻长空
　　　我们是
　　　　人民的战士

我们立下
　　庄严的军令状
　　　　我们保证
愿与祖国
　　同生死共患难
　　　　坚决当好
四化建设
　　和幸福生活的
　　　　可靠卫兵
不管敌人
　　来多来少
　　　　不管列强
　　　　　　气焰嚣张
我们必定
　　杀他一个
　　　　有来无回
　　　　　　遍野尸横
让帝修反
　　痛哭流涕吧
　　　　让中国人
　　　　　　扬眉吐气
　　　　　　谈笑风生
今天的中国
　　已经强大
　　　　早已不是
　　　　　　腐败的前清
看吧
　　红旗飘舞
　　　　大地花开

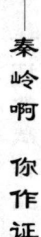

秦岭啊　你作证

秦岭啊 你作证

听吧
　　风雷起处
　　　　战马嘶鸣
擂起
　　出征的战鼓
　　　　我们的步伐
　　　　　　超过了
　　　　　　　　地球的转动
看啊
　　时代列车的巨轮
　　　　飞速旋转
　　　　　　汽笛长鸣
奔腾——
　　奔腾——
　　　　奔腾——
奔向
　　四个现代化的
　　　　锦绣前程
誓言变成了
　　摧枯拉朽的
　　　　风暴
决心化作了
　　排山倒海的
　　　　雷霆
开吧,开吧
　　拨乱反正的
　　　　列车
飞吧,飞吧
　　扶摇万里的

　　　　鲲鹏

为了祖国的繁荣
　　我们乐意
　　　　流血流汗
为了民族的强盛
　　我们甘愿
　　　　九死一生
只有这样啊
　　我们的红旗
　　　　才能不倒
只有这样啊
　　我们才能完成
　　　　历史的使命
在这幸福的
　　　　日子里
　　　　　　在这寂静的
　　　　　　　　山林中
我们
　　看不到首都啊
　　　　天安门城楼的
　　　　　　　　国徽
我们
　　也看不到啊
　　　　东西长安街的
　　　　　　　　华灯
这小小的哨位啊
　　能把五洲装下
　　　　能把四海包容
战士的情操

秦岭啊　你作证

就是这样
　　　纯真可爱
战士的胸怀
　　就是这样
　　　　广如天空
面对
　　祖国的检阅
　　　我们保证啊
　　　　我们保证
永远是
　　人民的儿女
　　　永远是
　　　　降龙伏虎的
　　　　　士兵
三十个寒暑啊
　　三十个国庆
　　　花开花落啊
　　　　柳暗花明
我们胜利了
　　我们有了
　　　新的舵手
　　　　我们又有了
　　　　　指路的明灯
八字方针啊
　　是新时期
　　　英明的决定
跟上来吧
　　让我们高呼着

这震天的口令
参加这九亿大军
　　前进中的调整
如果谁说：
　　让我们永远落后
　　　　　永远迷茫
我们的回答是：
　　不行——
　　　　不行——
　　　　　　不行——
中华民族不能
　　任人宰割
　　　　任人欺凌
我们
　　也有两只手
　　　我们的头脑
　　　　　很聪明
奋斗吧
　　我们要对人类
　　　　做出较大的贡献
努力吧
　　我们要赶超过
　　　　当今世界的
　　　　　　先进水平
我们要
　　开除帝修反的
　　　　　球籍
我们要
　　刮起强劲的

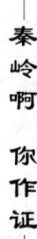

浩荡东风
让伟大的
　　中华人民共和国
　　　　永远屹立
让古老的
　　炎黄留下的子孙
　　　　永远强盛
伟大的
　　祖国啊
　　　　要在四化建设中
　　　　　　得到永生
像珠峰一样
　　巍峨
　　　　像长江一样
　　　　　　奔腾
让我们
　　迎着东方鲜红的
　　　　太阳
在党的领导下
　　开始新的
　　　　长征
高唱着《国际歌》
　　"团结起来到明天"
坚持战斗啊
　　这是危急的关头
　　　不屈不挠啊
　　　　　这是最后的斗争
让我们
　　用一日万里的速度

前进

让我们
　　　用多快好省的标准
　　　　　　　冲锋

日新月异啊
　　　捷报频传
　　　　　　硕果累累啊
　　　　　　　　凯歌声声

我们要迈着
　　　实事求是的
　　　　　　坚实脚步

迎接那更加
　　　光明灿烂的
　　　　　　四十年大庆

五十年大庆
　　　一百年大庆啊
　　　　　　千万年大庆!

1979年国庆节前夕脱稿于陕西省秦岭山中

让鲜红的党旗高高飘扬

——写在 2005 年开展保持共产党员
　　先进性教育活动的日子里

鲜红的党旗
　　　迎风飘扬
　　　　　我们的队伍
　　　　　　　威武雄壮
我们是光荣的
　　共产党员
　　　我们是中华的
　　　　　钢铁脊梁
胸中装得下
　　三山五岳
　　　　放眼能看遍
　　　　　　五洲四洋
我们高举着
《共产党宣言》
　　　　这把火炬
把革命的种子
　　播撒在
　　　　运河左右

　　　　长城内外
历经了
　　　千百次的磨砺
　　　　忍受了
　　　　　　千百次的创伤
挺过了
　　　血腥的四·一二
　　　　南昌起义
　　　　　　举起了刀枪
反击了
　　　五次敌人的围剿
战略转移
　　　红军走向远方
打败了小日本
　　　推翻了国民党
荡涤了
　　　旧中国的
　　　　　污泥浊水
开创了
　　　新时代的
　　　　　壮丽篇章
《义勇军进行曲》
　　　伴随着隆隆的礼炮
宣告了
　　　中华人民共和国的诞生
驱散了
　　　盘踞在中华的帝国列强
结束了受屈辱的历史

秦岭啊　你作证

挺起了被压抑的胸膛
　　中国走上了富强的道路
　　　　中国迎来了胜利的曙光
历经了千山万水
　　饱尝了风雪冰霜
　　　　红梅绽开了花蕾
　　　　　　散发着醉人的芳香
我们的党啊
　　就像东升的旭日
　　　　光芒四射
　　　　　　蒸蒸日上
面对鲜红的党旗
　　我们心潮起伏
　　　　回顾光荣的党史
　　　　　　为民情怀荡漾
今天的幸福
　　来之不易啊
　　　　革命前辈的叮咛
　　　　　　发自肺腑
要保持
　　共产党员的
　　　　先进性啊
党中央
　　发出的号召
　　　　语重心长
重温一次
　　入党的誓词
　　　　对照一遍

　　　　　庄严的党章
无限的豪情啊
　　　在心里涌动
　　　　　激动的泪水啊
　　　　　　　不停地流淌

我们在
　　　仔细地思考
　　　　　我们在
　　　　　　　认真地掂量

世界上
　　　有什么事业
　　　　　能比共产主义
　　　　　　　更宏伟

字典里
　　　有哪个名字
　　　　　能比共产党员
　　　　　　　更响亮

战斗的洗礼
　　　使我们
　　　　　意志坚定

纯青的炉火
　　　使我们
　　　　　百炼成钢

雄伟的
　　　长城啊
　　　　　你知道
　　　　　　　我们党的性质

奔腾的

秦岭啊 你作证

黄河啊
　　你懂得
　　　　我们党的理想
莽莽的昆仑
　　滚滚的长江
　　　　向人们诉说着
　　　　　　党的丰功伟绩
向全世界证明了
　　党的襟怀坦荡
人民会铭记
　　党的伟大
　　　　历史会书写
　　　　　　党的荣光
踏着草地的泥水
　　披着雪山的风霜
　　　　送走黄昏的落日
　　　　　　迎来清澈的月亮
反围剿时的
　　老赤卫队员
　　　　已经作古
长征路上的
　　红小鬼啊
　　　　也已经白发苍苍
他们在发问
　　他们在遐想
谁来举起
　　革命的红旗？
　　　　谁来扛起

战斗的钢枪?

看吧
  我们来了
    迈着整齐的步伐
      甩着有力的臂膀
握住革命的
  接力棒
    奔向未来的
      新战场
一队队
  一行行
    从南方
      到北方
我们
  意气风发啊
    我们
      英姿飒爽
汇集在伟大的北京
  欢聚在天安门广场
    继承先烈的遗志
      校正前进的航向
我们摧枯拉朽啊
  我们势不可挡
我们是
  二十一世纪的
    共产党员

我们是
  让人民放心的

  爱国忠良

来吧
  我们经过
    战火的考验
      胸有成竹
来吧
  我们受过
    艰苦的洗礼
      意志坚强
不管
  世界风云
    如何变幻
不论
  国际局势
    怎样迷茫
我们有马列主义
  我们有毛泽东思想
我们有"邓小平理论"
  和"三个代表"的
    重要思想
我们有
  六千八百多万的
    共产党员
我们有
  以胡锦涛同志为首的
    党中央
我们一定能
  战胜一切

艰难险阻
我们一定能
　　　保持先进
　　　　　永不迷航
我们肩负着
　　　历史的重任
　　　　　　我们承担着
　　　　　　　　　人民的希望
我们是
　　　时代的先锋啊
　　　　　　我们是
　　　　　　　　廉洁奉公的榜样
我们讲着《春天的故事》
　　　　走进改革开放的新时代
我们挥动开拓创新的巨笔
　　　书写小康和谐的新时尚
看吧
　　　从帕米尔高原
　　　　　　到黑乌两江汇合处
从北极村漠河
　　　到曾母暗沙的
　　　　　　最南哨岗
我们读着《为人民服务》
　　　奔向龙腾虎跃的
　　　　　　　工厂、学校
　　　　　　　　　　水城、山乡
我们学着《科学发展观》
　　　奔向日新月异的

　　　　公司　集团
　　　　　　机关　军港
来吧
　　让我们
　　　　穿上老红军
　　　　　　赤卫队的
　　　　　　　　草鞋
来吧
　　让我们
　　　　带上八路军
　　　　　　新四军的
　　　　　　　　刀枪
把共产主义的信念
　　铭刻在我们的心里
　　　　把立党为公的意识
　　　　　　融入进我们的思想
井冈山的号角
　　在我们耳边回响
　　　　遵义会议的红旗
　　　　　　指引着我们挥师北上
杨家岭的小米啊
　　西柏坡的高粱
　　　　养育了强盛的新中国
　　　　　　养育了伟大的共产党
踩下与时俱进的油门
　　展开改革开放的翅膀
我们扶摇直上九万里
　　我们摘星揽月邀玉皇

让敌人去叹息吧!
　　伟大的中国共产党
　　　　为何那样坚不可摧
让敌人去懊恼吧!
　　中国新一代的领导
　　　　是如此的果断坚强
想在中国发生和平演变吗?
　　简直就是蚍蜉撼大树
想让中国向西方低下头吗?
　　纯粹就是痴心妄想
哪里出现共产党员的身影
　　哪里就有镰刀锤头的辉煌
听吧
　　《国际歌》的雄壮歌声
　　　　　正在响起
看吧
　　"阿芙乐尔"号巡洋舰
　　　　　正在启航
我们的足迹
　　踏遍了
　　　　长城内外
　　　　　白山黑水
我们的旗帜
　　飘扬在
　　　　天山南北
　　　　　黄河长江
让我们
　　用千万双手

高举起这
　　　鲜红的党旗
在鲜花盛开万紫千红的
　　　　　国土上
高高地
　　飘扬——
　　　　　飘扬——
永远——
　　高高地
　　　飘扬——

2005年4月8日脱稿于北京

诗词歌赋作品集

秦岭啊 你作证

抒情长诗

红色甲子礼赞

——热烈庆祝中华人民共和国成立六十周年

红旗
　　　锣鼓
　　　　　喧天
彩虹
　　　白云
　　　　　群山
中华人民共和国
　　　　　走过了
　　　　　　　整整一个甲子
鲜艳的五星红旗
　　　　　飘扬了
　　　　　　　两万一千九百天
十三亿华夏儿女
　　　　　铸造了
　　　　　　　惊人的辉煌
古老的神州大地
　　　　　屹立在

— 33 —

秦岭啊 你作证

    世界的顶巅

啊,祖国
  我的母亲
    我的依恋
生活在您的怀抱里
    我感到
      无比的自豪
沐浴在您的阳光下
    我感到
      极大的温暖
公元一九四九年
  十月一日
    隆隆的礼炮
震动了北京
  响彻了中国
    回荡在
      万里长天
一个洪亮的声音
    向全世界
      庄严宣告
"中华人民共和国
  中央人民政府
    成立了"
"中国人民
   从此
     站起来了"
随着
 《义勇军进行曲》
     的奏响

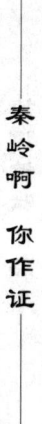

第一面
　　鲜艳的
　　　　五星红旗
冉冉地升起
　　升起在
　　　　旗杆的顶端
歌声如潮啊
　　呼声震天
　　　　彩旗飘舞啊
　　　　　迎风招展
新生的
　　人民共和国
　　　　光荣地诞生了
承载着
　　历史的重托
　　　　担负着
　　　　　　人民的期盼
"共产党万岁"
　　"毛主席万岁"
　　　　"中华人民共和国万岁"
　　　　　　的口号声
就像大海的波涛
　　此起彼伏
　　　　接连不断
随着
　　毛主席、朱总司令的
　　　　　　号令
英勇的
　　人民解放军

秦岭啊　你作证

　　　　百万雄师
突破了国民党
　　苦心经营的
　　　　长江防线
占领了
　　南京总统府
　　　　进驻了大上海的
　　　　　　黄浦江边
摧枯拉朽
　　横扫千军
　　　　直捣大西南
苟延残喘的
　　蒋家王朝
　　　　退出了大陆
　　　　　　逃到了台湾
新中国刚刚成立
　　战争的炮火
　　　　又烧到了
　　　　　　鸭绿江边
中国人民
　　派出了志愿军
　　　　出国作战
与朝鲜人民军一起
　　　　打败了
　　　　　　武装到牙齿的
美帝国主义
　　及其走狗
　　　　李承晚
坚守上甘岭

迫使敌人
　　　　在板门店和谈
全国人民
　　团结一致
　　　　踊跃支前
防奸反特
　　炼钢建设
　　　　种粮种棉
人们安居乐业
　　国家生机盎然
"三面红旗"的确立
　　　　使中国的
　　　　　　经济建设
　　　　　　　　走了一个急转弯
"两弹一星"的
　　　研制成功
　　　　　振奋了民心
大扬了国威
　　打破了帝国主义
　　　　对核武器的垄断
十年"文化大革命"
　　是一场史无前例的
　　　　　社会浩劫
中国革命和建设
　　　　受到了
　　　　　　巨大的摧残
人民大众啊

在无奈中等待
　　　国民经济到了
　　　　　崩溃的边缘
一九七六年
　　在中国历史上
　　　　具有着
十分重要的地位
　　在灾难深重的一年
周恩来、朱德、毛泽东
　　　　三位开国领袖
　　　　　　相继辞世
唐山发生了
　　七点八级的
　　　　特大地震
死伤人员
　　达到了几十万
　　　　国难当头啊
　　　　　　世界震撼
值得庆幸啊
　　党中央及时果断地
　　　　粉碎了"四人帮"
　　　　　　反党集团
使中国在悬崖上
　　踩住了刹车
　　　　使中国
　　　　　　转危为安
党的十一届三中全会

及时果断地
　　　　拨乱反正
开创了社会主义
　　革命和建设的
　　　　崭新局面
从此后
　　中国革命这艘
　　　　红色的战舰
开始了
　　改革开放奔小康的
　　　　新航程
百业俱兴
　　百花争艳
　　　　百家争鸣
　　　　　　百船扬帆
中国迎来了
　　阳光明媚
　　　　万紫千红的
　　　　　　春天
啊,祖国
　　在伟大的
　　　　中国共产党
　　　　　　领导下
抚平了
　　身上的创伤
　　　　修好了
　　　　　　破损的航船

高举起

　　中国特色的旗帜

　　　　奋勇前进

弹奏起

　　解放思想的旋律

　　　　真抓实干

把损失的时间

　　　抢回来

　　　　把历史的重任

　　　　　　永挑在肩

中国就像

　　一匹骏马

　　　　奔驰在草原上

中国更是

　　一只雄狮

　　　　睁开了睡眼

与时俱进啊

　　解放了思想

　　　　把禁锢打烂

中国人民很聪明

　　中国人民很勇敢

去掉了

　　精神上的枷锁

　　　　砍断了

　　　　　　骏马上的马绊

总设计师

　　大笔一挥

经济特区
　　　拔地而起
他老人家
　　雄心伟略
　　　　写下了
　　　　　　壮丽的诗篇
特区杀开了
　　一条血路
　　　　特色树立了
　　　　　　一个典范
对外开放
　　对内搞活
　　　　一个中心啊
　　　　　　两个基本点
看吧
　　九百六十万
　　　　平方公里的国土上
　　　　　　　龙腾虎跃
看吧
　　五十六个
　　　　民族的大家庭
　　　　　　春意盎然
改革开放的
　　三十个
　　　　春夏秋冬
　　　　　　星移斗转
创造了
　　无数的奇迹
　　　　开创了历史的

　　　　　崭新纪元
"三峡工程"的
　　　　伟大建设
　　　　　　震惊了全世界
"神舟"飞船的升空
　　　"嫦娥"飞船的奔月
　　　　　参与人的染色体研究
　　　　　　　巨型电子计算机的出现
无不显示了
　　　我国科学研究的
　　　　　　雄厚实力
无不体现了
　　　我国综合国力的
　　　　　　飞跃发展
收回了香港、澳门
　　　中国在国际上的地位
　　　　　　　不断提高
加入了世贸组织
　　　与世界接轨
　　　　　融入了全球
　　　　　　　经济的大循环
二〇〇八年
　　　对中国是
　　　　　极其关键的一年
春季里
　　　中国南方连降暴雪
　　　　　停水停电
　　　　　　火车停运，通信中断
寒冷的冰雪

弥漫在
　　　辽阔的青藏高原
祖国的宝岛
　　　充斥着
　　　分裂的巨大危险
五月十二日
　　　一场八级的大地震
　　　　袭击了四川汶川
党和政府
　　　紧急号令
　　　　一方有难
　　　　　八方支援
国旗低垂
　　哭声阵阵
　　　残垣断壁
　　　　哀乐频传
所有的中国人
　　沉痛地
　　　哀悼了三分钟
整个中华大地
　　宛如停止了
　　　生命一般
经过了七年的准备
　　　第二十九届奥运会
　　　　在北京隆重举行
八月八日的夜晚
　　古老的北京
　　　成了欢乐的海洋
我们终于

实现了
	一百年的梦想
我们终于
	看到了
		奥林匹克的五环
今天
	我们在这
		明媚的阳光下
庆祝
	伟大的祖国
		诞生六十周年
站在
	雄伟的
		人民英雄纪念碑下
走在
	晶莹的
		金水桥白玉栏杆前
我们
	不能忘记
		解放前
			流血的岁月
我们
	不能忘记
		战斗中
			拼杀的场面
从南昌起义
	到秋收暴动
		从三湾改编
			到会师井冈山

从五次反"围剿"
　　　到湘江血战
　　　　　从遵义会议
　　　　　　　到金沙江畔
从爬雪山,过草地
　　　到抢占娄山关
　　　　　终于突破了
　　　　　　　国民党的包围
到达了
　　　中国革命的圣地
　　　　　　　陕北延安
八年抗战
　　　把日本鬼子
　　　　　赶出了中国
三大战役
　　　人民解放军
　　　　　逐鹿在中原
更要记住啊
　　　在白区工作的
　　　　　革命先烈
不能忘记啊
　　　血腥的渣滓洞
　　　　　恐怖的白公馆
他们
　　　会永远地闪耀在
　　　　　历史的天空
他们
　　　会永远地生活在
　　　　　人民的心间

秦岭啊　你作证

秦岭啊 你作证

亲爱的朋友啊
　　在这举国
　　　　欢庆的时刻
你是不是感到
　　心里有一种
　　　　奔涌的激情
你有没有感受过
　　心里有一种
　　　　自豪的体验
作为一名
　　中华人民共和国的
　　　　　　伟大公民
在世界上
　　是多么地令人羡慕
　　　　　　幸福美满
每当看到
　　五星红旗
　　　　高高升起的时候
我们每一个
　　炎黄子孙的
　　　　爱国之心啊
就会热血沸腾
　　就会燃烧起
　　　　炽热的火焰
在哪里啊
　　八角楼的灯光
　　　　在哪里啊
　　　　　　黄洋界的鏖战
在哪里啊

大渡河的激流
　　　在哪里啊
　　　　　南泥湾的花篮
不能忘啊
　　大庆油田的
　　　　漫天风雪
不能忘啊
　　昆仑山上的
　　　　简陋兵站
不能忘啊
　　兰考沙丘的
　　　　梧桐树林
不能忘啊
　　昔阳大寨的
　　　　层层梯田
看吧
　　董存瑞
　　　　手托炸药包
　　　　　　在呼唤着我们
看吧
　　黄继光
　　　　伸开了双臂
　　　　　　扑向喷火的枪眼
看吧
　　白山黑水间的
　　　　抗联英雄杨靖宇
看吧
　　宁死不屈的
　　　　女中豪杰赵一曼

看吧
  英勇机智的
    儿童团员王二小
看吧
  血溅铡刀的
    共产党员刘胡兰
看吧
  八位女战士投进了
    汹涌的松花江
看吧
  五位八路军跳下了
    高耸的狼牙山
这一个个
  壮烈的镜头
    这一幅幅
      历史的画卷
打下了
  中华人民共和国的
    坚固基石
留下了
  值得我们怀念的
    珍贵档案

没有共产党
  就没有新中国
    唱遍了村镇工矿
      传遍了江河平原
经过了
  整整一个甲子啊
    演唱了

整整六十周年

东南西北啊
　　天圆地方
　　　　春夏秋冬啊
　　　　　　星移斗转

我国是
　　联合国的
　　　　常任理事国

享有着
　　举足轻重的
　　　　一票否决权

中国
　　早已不是软弱的
　　　　"东亚病夫"

中国
　　早已变成强壮的
　　　　　　炎黄好汉

中国
　　早已不是松散的
　　　　"一盘散沙"

中国
　　早已变得很团结
　　　　　　坚如石磐

共和国的旗帜
　　插遍了神州的
　　　　山山水水

五颗灿烂的金星
　　还没有照耀在
　　　　宝岛台湾

秦岭啊 你作证

血浓于水啊
　　　两岸的同胞
　　　　　相逢一笑泯恩仇
骨断筋连啊
　　　炎黄的传人
　　　　　期望统一盼团圆
这是
　　革命先驱的理想
　　　　这是
　　　　　　全国人民的期盼
穿一双
　　老红军编织的草鞋
　　　　扛一支
　　　　　　老八路抗日的枪杆
喝一碗
　　南泥湾生产的米粥
　　　　看一眼
　　　　　　西柏坡小院的炊烟
我亲爱的朋友啊
　　　我忠诚无比的伙伴
让我们
　　珍惜这美好的生活
　　　　让我们
　　　　　　牢记这幸福的源泉
今天的中国
　　日新月异啊
　　　　蒸蒸日上
我们的综合国力
　　　不断提高

— 50 —

　　　持续发展
新时代的
　　万里长征
　　　　才刚刚开始
我们正处在
　　社会主义的
　　　　初级阶段
忆往昔
　　峥嵘岁月稠
　　　　看今朝
　　　　　　江山更好看
展未来
　　雄关处处有
　　　　立壮志
　　　　　　任重而道远
祝愿我们
　　伟大的祖国
　　　　繁荣昌盛
祈盼华夏
　　这古老的国度
　　　　欢乐美满
人民安居乐业
　　子孙福寿绵延
　　　　四季风调雨顺
　　　　　　政通人和万年
这就是
　　我们对祖国
　　　　六十岁生日的
　　　　　　真挚祝福

秦岭啊 你作证

这就是
　　我们对祖国
　　　　红色甲子的
　　　　　　美好礼赞！

2009年9月底完稿于北京

诗词歌赋作品集

抒情长诗

让奥运圣火在中华大地上点燃

——写在2008年春天奥运圣火点燃的日子里

春风轻拂杨柳,
鲜花盛开争艳,
多少次日出啊,
多少次月弦。

一百年的梦想啊,
一百年的期盼,
走过了一百次春夏秋冬,
看过了一百次星移斗转。

无数的仁人志士在发问:
中华民族啊,
何时能够
繁荣昌盛?

千万个英雄豪杰在思量:
炎黄儿女啊,
何时能够
重整河山?
几代人的追求啊,

秦岭啊 你作证

几代人的依恋。
奥运会的圣火啊,
何年何月才能在
华夏山河上漫卷?

九曲的黄河啊,
曾孕育过炎黄子孙,
古老的长城啊,
曾升腾过浓烈的狼烟。

我们是一个有五千年文明史的
伟大民族啊,
却未曾举办过奥林匹克运动会,
这不能不说是一个痛苦的悲哀。

我们是一个有九百多万平方公里土地的
泱泱大国啊,
却不曾点燃过来自雅典的奥运圣火。
这难道不是奥运史上一个大大的缺陷?

前辈的发问,
历史的遗憾,
一直延续到了公元 2004 年
才有了一个初步的答案。

奥运圣火第一次在中国传递,
然而当年的奥运会
却不是在中国举办。

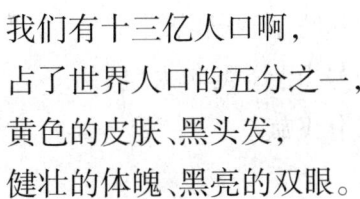

我们有十三亿人口啊,
占了世界人口的五分之一,
黄色的皮肤、黑头发,
健壮的体魄、黑亮的双眼。

在人类的发展史上,
我们曾经留下过闪光的"四大发明"。
在世界和平的功劳簿上,
我们曾经做出过巨大的牺牲奉献。

我们的头脑很聪明,
我们的双手很能干,
我们的民风很淳朴,
我们的行动很勇敢,
从东面的两江汇合处,
到西面的帕米尔高原,
从北面的北极之村漠河,
到南面曾母暗沙的海天一线。

五十六个民族同唱一首歌,
十三亿个尧舜齐把祖国赞,
"风萧萧兮易水寒",
壮士一去不复返。

开天辟地建奇功,
国人尽是英雄汉,
中国已不再是"一盘散沙",
"改革开放"已把人心凝聚成坚固的营盘。

秦岭啊 你作证

中国更不是"东亚病夫",
"嫦娥一号"已经飞向太空,
在月球上飞旋。

我们骄傲啊,
中国冲出了亚洲,
走向了世界,
我们自豪啊,
中国获得了
第二十九届夏季奥运会的主办权。

团结一心啊,平安奥运,
众志成城啊,勇往直前,
在这美好的2008年,奥运的圣火
终于在中国正式点燃。

举办一届历史上最好的奥运会,
是全国各族人民的共同心愿,
让那奥运号列车飞驰的车轮,
碾碎反华集团小丑们的手臂和贼胆。

来吧,大爷、大妈,
来吧,兄弟、姐妹,
用我们真诚的爱心,
来回报这个世界,
用我们灵巧的双手,
来描绘美好的人间。

看吧,奥运会正在向我们走来,

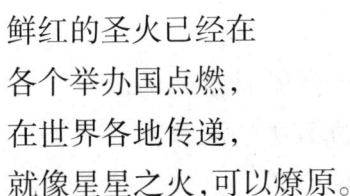

鲜红的圣火已经在
各个举办国点燃，
在世界各地传递，
就像星星之火，可以燎原。

让世界了解中国啊，
让中国了解世界。
要知道啊，中国人民盼统一，
炎黄儿女盼团圆。

这是大势所趋啊，不可逆转，
伟大的中国啊，
安定和平，
长治久安。

十三亿中国人啊，
正在过着美满和谐的生活，
五十六个民族啊，
都充分地享受着最大的人权。

我们要顶住来自雪域高原的狂风暴雪，
我们要把民主自由的春风吹遍珠峰雪山，
我们要正告那些跳梁的小丑们，
不要被钉在耻辱柱上遗臭万年。

你们不要螳臂当车不自量，
枉费心机命必残，
想要把西藏从祖国分裂出去，
纯粹是痴心妄想，打错了算盘。

秦岭啊 你作证

如果你们还不悬崖勒马，
必将掉进万丈的深渊，
等待你们的不会是梦想的天堂，
而是地狱里炽热的火焰。

雄奇的神州啊，
春风送暖，
伟大的中国啊，
如日中天。

在这片崛起的热土上，
人们安居乐业，
充满了吉祥的彩云，
在这片祥和的净土上，
人们享受人生，
找到了幸福的源泉。

同一个世界啊，
同一个梦想，
同一条江河啊，
同一道山川。

分也分不开啊，
隔也隔不断，
血脉相承继啊，
绵延五千年。

中国人民有骨气，

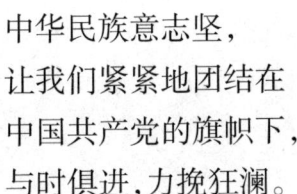

中华民族意志坚,
让我们紧紧地团结在
中国共产党的旗帜下,
与时俱进,力挽狂澜。

向一切阻挠我们前进的敌人开火,
向一切影响奥运召开的障碍宣战,
我们一定能够,
战胜顽敌,攻破难关。

奥运的火炬一定能够越烧越旺,
奥运的旗帜一定能够迎风招展!

秦岭啊 你作证

抒情长诗

中国在震撼和流血中巍然挺立

——谨此献给"5·12"汶川大地震中的
遇难者和勇士们

二零零八年五月十二日
地震的魔爪,伸向了中国,
伸向了四川省,伸向了汶川县。
十四时二十八分,
惊天动地的轰鸣,在中国大地上响起,
里氏八级的特大地震爆发了。
顷刻间,
山摇地动,天昏地暗。
孩子在哭,老人在喊。
到处是墙倒屋塌;
到处是断壁残垣;
到处是路面扭曲;
到处是桥梁裂断。
巨大的能量啊,
在瞬间释放。
不亚于在同时
爆炸了数十颗威力无比的原子弹。
滑坡、塌方、泥石流,
像一只只巨大的魔爪,

无情地撕扯着
一个个的村镇，
一个个受伤的人员。
巨大的裂缝，张开大口，
贪婪地
吞食着
数以亿计的国家和人民的财产。
咆哮的地震波，一阵阵向外发出，
震撼着祖国的每一寸土地。
冲击着人们的心灵和肝胆。
在这天崩地裂的时刻，
在这国难当头的时间，
党的总书记
发出了紧急的命令，启动了一级预案。
共和国的总理，
当天就赶到了灾区，
指挥着各路抢险大军，
展开了抗击地震的作战。
冒着大雨的浇泥，顶着余震的危险，
各路抢险大军，向着灾区挺进。
各省、各市、各企业、各团体
都在积极地行动，
捐衣、捐物、捐钱。
献血的人们，排成了长队，
期盼着自己能为
灾区做上一点点贡献。
短短的时间里，
北京的血库居然爆满，
而排队等候的人们，

秦岭啊 你作证

还是络绎不绝,
时刻等候灾区的召唤。
面对小姑娘献血的恳求,
湿润了人们的双眼。
为灾区募捐的箱子,
摆到哪里,哪里就会成为
抗震救灾奉献爱心的热点。
头发花白的老大爷、老大妈,
拿出了不多的退休工资。
天真可爱的孩子们啊,
伸出了稚嫩的小手,
摔碎了小小的存钱罐,
拿出了父辈给的压岁钱。
国难当头啊,
匹夫有责。
有力的出力,有钱的出钱。
挺起我们中国人的脊梁,
奋起抵抗大地震的灾难。
这是对中华民族的考验,
这是对炎黄子孙的磨炼。
无私的境界在这里升华,
忘我的情操在这里体现。
每一位有良知的中国人,
在地震之后,心儿都被紧紧地牵挂。
每度过一天,就如同被煎熬了一年。
灾区的父老乡亲,兄弟姐妹啊,
你们受苦了,失去了美好的家园。
我们虽然不曾相识,
但是,你们的疾苦

却留在了我们的心间。
你们的困境
时刻在我们的眼前闪现。
一方有难,八方支援。
中华民族的美德
在这里得到了发扬和扩展。
地震的余波啊,
一阵阵地向外释放着能量,
也一次次地拨动着
我们悲痛的心弦。
告急的信息,
从灾区发出,飞向各地。
赈灾的车队,
满载物资,奔向汶川。
快点!快点!再快点!
在山路上跑步前进的战士。
快点!快点!再快点!
这是一场
和平年代的人民战争。
这是一场
与死神面对的争夺战。
一分一秒,一瓦一砖,
仔细地搜索啊,认真地查看。
有没有生命的迹象啊,
有没有受困者的呼唤。
总理来了,
带来了总书记的挂念。
解放军来了,
武警来了,

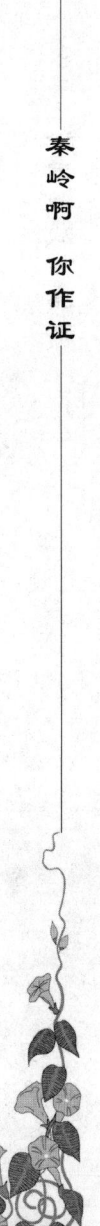

秦岭啊 你作证

空军来了,
海军也来了。
医疗队来了,消防队来了,
飞机来了,汽艇来了。
带着机械,带着药品,
带着探测仪,带着搜救犬。
各路人马,在灾区会合。
奋勇突击啊,强行开进。
目标直指,地震中心的汶川。
狂风、暴雨、滚石,
时不时地到来,
严重地威胁着将士们的安全。
但是他们,置生死于度外,
想的是灾民,挑的是重担。
超负荷的行军,达到了生命的极限。
手上都是血啊,身上都是汗。
忙碌的人群里,大家素不相识。
抢险的战斗中分不出
你是哪里人,他又是哪里的籍贯。
老总理流泪了,
嗓音嘶哑地,安慰着受伤的人员。
老人家是在心痛他的子民啊,
摔伤了手臂也不下火线。
总书记飞来了,
冒着余震的危险,
走到了灾民的中间,
给了大家巨大的鼓舞,
大家的斗志像火一样点燃。
总书记和我们在一起,

党中央和灾民心相连。
亲切的问候啊,
把灾民的心极大地温暖。
黑暗即将过去,光明就在眼前,
灿烂的朝阳,就会升起在
东方的地平线。
伸出你的臂膀,挺起我们的双肩,
让我们共同扛起这浩大的灾难。
灾区人民不孤单,
我们永远是你们最好的伙伴。
看了太多的惨痛场景,
听了太多的感人的赞叹,
使得我们的心啊,
受到了一次次清净的洗礼。
开进!开进!
向汶川开进!
增援!增援!
向四川增援!
风雨过后,
才能看见彩虹。
灾难过后,
必将建成美好的人间。
在这场极其罕见的灾害中,
人们的思想得到了极高的升华。
生命的价值得到了充分的体现。
我们伟大的祖国,
受到了巨大的折磨。
我们勤劳的人民啊,
受到了空前的摧残。

秦岭啊　你作证

五十六个民族的

兄弟姐妹,挽起了手臂,

我们息息相通,

我们心心相印,

我们血脉相连。

灾区告急!

前方告急!

药品告急!

食品告急!

时间的秒针,

嘀嘀嗒嗒

沉重地敲打着人们的心灵。

揪心的时钟啊,

过去了

24小时!48小时!72小时!

很快地突破了

100小时的生死大关。

死神离人们越来越近。

生存离人们越来越远。

"5·12"大地震啊,

对中华民族是一个

万分严重的考验。

不屈不挠啊,

在中国的大地上,

塑造了千万个英雄形象。

在地震的废墟上,

谱写了一首首壮丽的诗篇。

雄壮的国歌,

在神州大地上,悄然响起。

中华民族
到了最危险的时刻!
　全民总动员啊,
各尽所能,全力支前,
　　救助灾民,
成了我们最大的心愿。
　　民间的志愿者,
自带工具、自带食品
　不给灾区添麻烦。
　　朴实的语言啊,
　　　催人泪下。
　　感人的行动啊,
　　　动人心弦。
　　五月的中国啊,
　　　感天动地!
　　五月的四川啊,
　　　气壮山河!
　　五月的汶川县,
荡气回肠,大义凛然!
　　遍地见忠心啊,
　　　到处是赤胆。
　　大爱无疆啊,
　　　真情无限。
　　今天暂时别故乡,
　　来日重归建家园。
　　多想为灾区
　　出点力、流点汗。
　　拼死拼活也要去,
　　累吐血了也要干。

秦岭啊　你作证

秦岭啊　你作证

抓住为国尽忠的机会，
决不让自己今后的回忆
留下不曾报国的终生遗憾。
伟大的人性
凝聚成了真诚的爱恋。
朋友们啊，
快挺住！
没有过不去的河，
没有翻不过的山。
凶险的地震，
可以摧毁我们的城市和乡镇，
但摧毁不了我们的意志和信念。
有总书记的英明决策，
有老总理的坐镇指挥，
我们就一定能
战胜灾害，渡过难关。
一分钱，一角钱，
一元钱，一百元，
一千元，一万元，
涓涓的细流，
汇成了爱的浪潮，
流向苦难的汶川。
灾区景象的超常惨烈，
给了我们无比强大的震撼。
我们风雨同舟，
我们共苦同甜，
我们众志成城，
我们力挽狂澜。
同胞们，

让我们手拉着手,肩并着肩。
　　泰山压顶不低头,
　　天塌下来腰不弯。
　　我们的战士,
　为了拯救灾民的生命,
　　不惜流血流汗。
　　可是他们仍然
牢记《三大纪律 八项注意》,
　自觉地维护群众的财产。
帐篷旁边就有成熟的菜地,
但是他们舍不得吃上一口。
　　因为他们懂得,
　　那是人民的菜地,
　　我们宁可不吃,
　也要当遵守纪律的模范。
一瓶矿泉水,一包方便面,
　　就是战士们的午餐。
　　兄弟们,站立起来!
　　姐妹们,咬紧牙关!
我们永远与你们站在一起。
　　不论有多大的困难,
　　我们肯定
　　与你们一块承担。
　永不放弃,永不抛弃,
　　是我们诚挚的诺言。
　里氏八级的强烈地震,
　　引起了全世界的关注。
　　各国政府首脑
　　打来了慰问灾区的电话,

秦岭啊 你作证

送来了救灾的物资善款。
黄头发,蓝眼睛
许多外国的救援队
也纷纷赶到了灾区参加救援。
使我们感到了
世界大家庭的温暖。
人类需要和平啊,
地球要和谐。
面对死神,我们要挺住啊,
永远抗争!
永不放弃!
勇往直前!
海外的游子们,
自发地组织募捐,
向亲爱的祖国
奉献出了悠悠的思恋。
人们的灵魂啊,
在这生死的关头,
得到了完美的净化。
人们的意志啊,
在这危急的时刻,
得到了强力的锻炼。
人们的距离啊,
在这特殊的环境下,
被拉得那样近。
人们的关系啊,
在这颠簸的日子里,
被融合得那样温暖。
血浓于水啊,情大于灾,

大灾大难凝聚成了大爱大善。
我们风雨同舟，
我们挺直腰杆，
不屈不挠，宁折不弯。
抗击震魔啊，
我们握紧了铁拳，
高唱同心同德的战歌，
攻破似铁的难关。
还有我们那些
最可爱的小战士啊，
大多数只有
十八九、二十岁，
正是风华正茂的年华，
但是他们却都
写好了遗嘱，
义无反顾地
冲上了抗击地震的前沿。
从将军到士兵，
从男人到女人，
每个人都是一身泥、一身汗。
分不清啊，
哪个是司令官，
哪个是战斗员。
看不尽的镜头啊，
发不完的稿件，
我不是诗人啊，
心中却涌动着
激跃的思潮和动人的情感。
手中的笔啊，

饱蘸着对灾区
人民的关切和赤诚与果敢，
写上一首心中的诗歌，
来抒发一个普通的
中国人对灾区人民的美好祝愿。
让真诚的感动，
点燃每位中国人心中的火炬。
让友爱的春雨，
滋润灾区的人民那破碎的心田。
地震无情人有情，
炎黄儿女心相连。
让那降到一半的国旗
为遇难的人们致哀。
让那悲怆的汽笛声
为牺牲的勇士呼唤。
中国，
绝对不会趴下。
中国，
是一个铁打的营盘。
中国，
在震撼和流血中巍然挺立。
中国，
一定会成为屹立于
世界民族之林的高山。
我们，
一定会掩埋好同伴的尸体。
擦干身上的血迹，
铲平废墟上的瓦砾，
打出冲锋的信号弹。

诗词歌赋作品集

为了美好的家园，
为了灿烂的明天，
　我们出发。
伟大的中国啊，
一定是前程似锦
　艳阳高照的
　　一马平川，
天府之国啊，
依然会风姿艳丽，
依然会春满人间！

2008 年 5 月 18 日

秦岭啊　你作证

擂响低碳生活的战鼓

节能减排的口号
在我们的耳边疾呼
低碳生活的旗帜
在我们的眼前飘舞

保护环境是我们的责任
拯救地球是我们的要务
我亲爱的兄弟姐妹啊
我尊敬的爹娘父母

我们的人类啊
正在面临灭顶之灾的威胁
我们的家园啊
正在遭遇环境恶化的围堵

二氧化碳的超量排放
导致了臭氧层的严重破坏
来自太阳的紫外线啊
像风暴一样向地球涌入
北冰洋在融化啊
南极洲在呼救

汹涌的海水在不断地上升
低洼的土地变成了鱼儿的城府

人类失去了往日的家园
动物没有了生存的乐土
天灾一个接着一个
人祸一幕连着一幕

山崩地裂摧毁了人类的生活
资源奇缺导致了争夺和动武
文明发达的世界啊
缺少了大爱的滋补

勤劳智慧的人们啊
丢掉了善良的质朴
曾经是诗情画意的青山绿水
如今变成了毫无生气的秃岭干谷

黄河架在了人们的头顶
长江变成了泥沙的水路
曾经是晴空万里的白云蓝天
现在变成了浮尘的狂撒密布

冰川在悄悄地流泪
做着痛心的哭诉
森林在渐渐地萎缩
留下倒地的朽树

一张张的白纸啊

秦岭啊 你作证

来源于一棵棵原始的良木
一桶桶的石油啊
形成于一层层远古的生物

一车车的煤炭啊
变成了一度度的电能
一袋袋的化肥啊
催生了一吨吨的五谷

就在这飞速发展的掩盖下
环境的恶化也在飞快地提速
各种有毒的食品充斥着人们的生活
各类有害的商品污染着社会的肺腑

过度的消费透支了子孙的资源
奢靡的生活暴殄了后代的天物
善良的人们啊
停一停手,住一住口

让险象环生的地球喘一口气
给惨遭破坏的生态留一条路
别让孩子们在树墩上数年轮
别让学生们对着猫咪画老虎

竭泽而渔的主张是急功近利
杀鸡取卵的做法更是走向绝户
吃些素食吧,少杀一些牲畜
节约光荣啊,浪费是消福

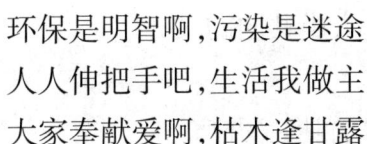

环保是明智啊,污染是迷途
人人伸把手吧,生活我做主
大家奉献爱啊,枯木逢甘露

我亲爱的朋友们啊
我血脉相连的手足
千万不要再攀比
千万不要再糊涂

任你拥有钱万亿
任你官大通仕途
任你住宅千百间
任你金玉满堂屋

只要温度再升高啊
汪洋的大海就会把一切吞下肚
这不是危言耸听啊
我们已经听到了海水逼近的脚步
气温升高的警报早已拉响
我们必须给予高度的关注

同志们,朋友们
父老兄弟姐妹们
节能减排,低碳生活
关系到我们千家万户

神仙也救不了我们
只有自救这一条路
保护环境,人人有责

秦岭啊 你作证

这是我们人类共同的义务

来吧，让我们携手并肩
筑起保护生态环境的长城！
来吧，让我们擂响"节能减排，
低碳生活"的战鼓！

2010 年 5 月 19 日作于北京

拯救地球,我们人类共同的家园

地球,诞生在四十六亿年前,
地球,是太阳系的一个重要成员,
她的历史是那么的悠久,
她的颜色是那么的湛蓝。

在浩瀚的银河系当中,
她是一艘满载生命的宝船。
我们人类啊,
就是这宝船上的乘客,
美丽的地球啊,
就是我们蓝色的家园。

北冰洋有熊和海豹,
南极洲有企鹅和冰山,
大洋深处有深深的海沟和巨大的海盆,
陆地上有巍巍的高山与广阔的平原。

七大洲承载着,
六十亿地球的村民,
四大洋孕育着,
不尽的宝藏和海鲜。

秦岭啊 你作证

啊!伟大的地球,
您在太阳的照耀下,
形成了春夏秋冬四个季节。
您在月亮的守护下,
产生了潮涨潮落星移斗转。

风霜雨雪,电闪雷鸣,
给人类带来了宝贵的淡水,
蔬菜水果,五谷杂粮,
给人类送来了营养的美餐。

森林草地,江河湖泽,
养育着数以万计的动物,
供给了人们呼吸的氧气,
浇灌着岸边的土地,
提供了人们饮用的水源。

鲜花碧草,飞禽走兽,
让人们的生活充满了,
浓郁的诗情与神奇的画意。
奇峰峻岭,绿水青川,
使人生的旅途增加了,
甜蜜的幸福和幽雅的浪漫。

啊!慈祥的地球,
您用自己博大的胸怀,
护佑着我们人类的生活,
您用自己无疆的大爱,

承受着我们的无度开采和盲目生产。

您曾经是太阳系中,
一颗美丽的星球,
就像是一位十八岁的少女,
婀娜多姿,风光无限。

但是,自从有了我们人类,
您就开始了,
难以终止的灾难。
我们在您的肌肤上,
任性地拦河蓄水,劈山造田。

我们在您的骨骼上,
肆意地砍砸挖掘,穿孔打钻。
吮您的奶汁,伤您的血管,
断您的柔肠,挖您的心肝。

您忍受着巨大的伤痛,
让我们人类得以繁衍,
人类科学技术的每一次提高,
都是伴随着您的一次伤感。

现如今的您啊,
早已是伤痕累累,血迹斑斑,
气喘吁吁,皮开肉绽。

臭氧层的破坏,
造成了冰山的融化,

秦岭啊　你作证

海水的上升，
植被的破坏。
造成了淡水的匮乏，
土地的失散。

沙漠在不停地扩大，
已经围到了城市的边缘。
我们人类很无知，
我们人类很贪婪，
只知道向地球索取，
不懂得向母亲奉献。

啊！痛苦的地球，
头上有了白发，脸上有了皱纹。
负担是多么的重啊，
举步是那样的艰难。

人类欲望的无休止膨胀，
使地球的负担已经到了承受的极限，
到处是战争，遍地是硝烟，
瘟疫年年有，环境被污染。

森林被乱伐，动物失家园，
人类不讲理，打乱生态链，
胡吃又海塞，兽皮当衣穿，
不但没羞愧，反当真理传。

长此搞下去，子孙别吃饭，
再不改过来，必得遭天谴，

啊！未来的地球，
你往何处走啊？你往何处旋？

我们怎样才能拯救地球？
我们怎样才能科学发展？
哥本哈根世界气候大会已经召开，
人类已经认识到了面临的危险。

善良的人们啊，
正在携起手来，
控制地球气候的恶化，
正在共同阻击，
不断上升的海平面。

让我们从自己做起，
少开一天车，少用一度电，
少放一挂炮，少烧一块炭，
少用一张纸，少吐一口痰，
减少排放物，环保要低碳。

拯救地球，保护自然，
生态平衡，水绿天蓝，
天人合一，幸福美满，
让我们的地球母亲，
青春永驻，再绽红颜。
只有这样啊，
地球才能休养生息，得以保全，
人类才能千秋万代，直到永远。

配乐诗朗诵

献给鲜血染红的八一军旗

——写在热烈庆祝中国人民解放军
建军九十周年盛典的光辉日子里

军旗猎猎迎风飘展,
战歌嘹亮响彻云天,
在这阳光明媚政通人和的国度,
在这莺歌燕舞国泰民安的年间。

六十八岁的中华人民共和国,
迎来了又一个繁荣昌盛的金秋,
伟大的中国人民解放军,
迎来了建军九十周年的华诞。

九十个春夏秋冬,九十个星移斗转,
九十年保家卫国,九十年浴血奋战,
人民的军队啊,所向无敌;
工农的武装啊,勇往直前。

他们从南昌起义打响了反抗国民党的第一枪,
他们从秋收暴动执掌了,
"一切权力归农会"的第一权,
两支革命的火炬照耀在巍峨的罗霄山脉,

两股红色的铁流汇聚在雄伟的井冈高山。

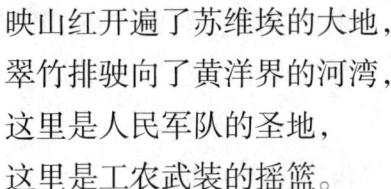

映山红开遍了苏维埃的大地，
翠竹排驶向了黄洋界的河湾，
这里是人民军队的圣地，
这里是工农武装的摇篮。

五次反"围剿"，突破包围圈，
战略大转移，湘江大血战，
遵义会议纠正了左倾路线的错误，
工农红军掌握了克敌制胜的舵盘。

四渡赤水展示了伟人的雄才大略，
奇袭贵阳吓破了蒋某的鸡肠鼠胆，
飞夺泸定桥十七位勇士啊冒死冲锋，
占领桥头堡中国的革命啊转危为安。

大雪山的寒风撕扯着红军的单衣，
大草地的暴雨把红军拖进恐怖的泥潭，
突破腊子口攻占娄山关，
一路向北方啊会师到延安。

八年抗日我们坚持了正确的《论持久战》，
解放战争我们把蒋家王朝赶到了台湾，
建立新中国军队是中坚，
八一军旗红，今朝更鲜艳。

一九五〇年新中国刚满周岁，
人民军队就接受了严峻的考验，

秦岭啊　你作证

和世界头号强国交手，
让我们真正地懂得了现代战争的残酷，
我们用小米加步枪去对付飞机、坦克加大炮，
交出了一张泣血的答卷。

这是一场极不对等的搏杀，
这是一场以弱对强的激战，
我们付出了几十万人伤亡的惨痛代价，
我们终于把美国佬打回了三十八度线。

经过了血与火的碰撞，我们看到了
与强敌实力的巨大差距，
领略了枪与弹的横飞，我们见识了
优胜劣汰的无情铁面。

帝国主义列强并不像纸老虎那样不堪一击，
血与肉的身躯扛不住榴弹炮那锋利的弹片，
我们从上甘岭的阵地上撤下来，
来不及休整就行色匆匆地奔赴到了新的边关。

为了人民的和平与幸福，
为了祖国的强盛和主权，
人民的军队啊吃苦耐劳，
英雄的军旗啊飘在长天。

水兵们曾驾驶着鱼雷快艇巡视海疆，
坦克兵曾开着缴获的坦克进行训练，
炮兵们马拉着旧式的大炮接受检阅，
飞行员驾驶着米格式飞机掠过蓝天。

我们盼望啊自己的核潜艇，
自己的核武器能震慑敌胆，
我们期盼着自己的人造卫星能在太空遨游，
我们梦想着自己的航空母舰能够驶向深蓝。

伟大的中国军队经历了千万次战火的洗礼，
各路的英雄儿女演绎了无数场壮烈的鏖战，
董存瑞手托炸药包高喊着"为了新中国前进"，
黄继光伸开了双臂扑向了敌人"砰砰"作响的枪眼。

张积慧驾驶着战机英勇机智击落了美军王牌，
甘祖昌放弃了将军卸甲归农成为了佳话美谈，
雷锋在有限的生命里向党和人民贡献了青春，
王杰在炸药包爆炸之前奋不顾身地扑在上面。

欧阳海在铁路上奋力顶出了惊马保护了列车，
麦贤得在海战中带伤掌控着轮机击中了敌舰，
英雄的赞歌此起彼伏，军人的壮举比比皆是，
革命的精神春风化雨，胜利的捷报日夜频传。

我们打败过印度侵略者，
我们参加过西藏的平叛，
我们在珍宝岛缴获了坦克，
我们在中越边境还击作战。

我们在深山老林中追剿土匪，
我们在金门和敌人对决炮战，
我们在沙漠戈壁上安营扎寨，
我们饿着肚子研制一星两弹。

秦岭啊 你作证

我们在大山深处打造地下长城,
我们在青藏高原路上建设兵站,
我们秘密的援助过越南和老挝,
我们在维和护航中获得了称赞。

我们自行设计建造了国产的航母,
我们自主成功的发射了火箭飞船,
我们的五大战区早已经整装待发,
我们的三大舰队也已经拉起锚链。

人民的军队啊,
就是祖国的忠诚卫士,
哪里有艰险啊,
哪里就有军人们出现。

抗洪时,指战员们争先跳下湍急的洪水,
筑起人的堤坝;
抗震时,解放军将士们拼命撬起沉重的砖石,
保护人民安全。

救火时,消防员们从烈火和浓烟中,
救出遇险群众;
反恐时,狙击手瞄准好果断地击毙歹徒,
使人质转危为安。

这就是人民的军队啊,这就是祖国的骄傲。
这鲜艳的八一军旗啊,记载着辉煌千千万万。
我们用天下的大树为笔,我们用广阔的蓝天做纸,去赞美我们英雄的儿女,去歌颂我们铁打的营盘。

解放军是一所大学校,培养了千百万的革命战士,
解放军是一座大熔炉,锻炼了长城上的钢铁城砖,
他们一不怕苦,为了人民辛勤的工作无怨又无悔,
他们二不怕死,为了祖国可以把自己的青春奉献。

他们胸怀祖国放眼世界,
为了民族牺牲自己的家庭,
当兵尽义务,站岗保家园,
苦了我一个,换来万家甜。

这就是战士的情怀,
这就是军人的心田。
老兵说:"军旗上有我们曾经挥洒的鲜血。"
新兵说:"军旗上有我们未来战斗的硝烟。"

大刀、梭镖、土地雷早已成为了历史的记忆,
飞机、坦克、驱逐舰已经装备了三军几百万。
一条小木船打掉敌人炮舰的历史早已经过去,
战略火箭军震慑列强的时代已正式开演。

人民的军队啊不仅保卫了国家,
而且为国家培训了千百万的预备役兵团。
十八军的干部和战士啊,从祖国的内地一路奋进,
走进了古老神秘的西藏,把根扎在了雪域高原。

新疆农垦建设兵团脱下军装搞建设,
献了青春献子孙,立下了汗马功劳;

秦岭啊 你作证

老三届的知识青年响应号召去兵团,
背着钢枪去种地,流下了鲜血热汗。

海岛上的民兵们身披着万道霞光,
在岸边礁石上站岗守卫着蓝色的海岸,
擒拿匪特的公安干警成天成夜地蹲守,
忍受着孤独和疲倦保卫着社会的平安。

虽然他们脱下了军衣,虽然他们不是军队在编,
他们心里却有军人的精神,
他们身上焕发着战士的风范,
成千上万的转业退伍军人回到了地方,
本色不改啊仍然以身作则当工作模范。

人民军队的正能量啊在转业退伍军人的身上,
得到了持续的释放;
人民军队的好传统啊在转业退伍军人的身上,
得到了光大和体现。

最可爱的是我们无数的好军警大嫂,
无怨无悔的承担起家庭全部的重担,
《十五的月亮》唱出了嫂子们的真情,
《再见吧,妈妈》再现了出征时的场面。

一日穿军衣,终生是战士,
站过一次岗,永听党召唤。
我们自豪,曾经当过兵,
我们骄傲,曾经下过连。

我们扛过枪,我们投过弹,
我们拼刺刀,我们拉过练,
我们的国家正在崛起,
世界的列强正在发难。

他们无耻地挑战我们的耐心,
他们疯狂地触动我们的底线,
愤怒的烈火已在心中燃烧,
中华雄狮的利爪已经磨尖。

让我们的军旗在长城上飘扬,
让我们的军队用枪和炮发言,
不能忘啊,人民的军队是国家的护法金刚,
要牢记啊,军人的形象是民族的金牌名片。

军旗上散发的是英勇无畏的血性军魂,
军旗下集合的是中华民族的砥柱中坚,
军旗猎猎,迎风飘展,
战歌嘹亮,响彻云天。

2017 年 4 月 28 日脱稿

秦岭啊 你作证

长 征 谣

——写在纪念中国工农红军长征胜利
　　　　八十一周年的伟大日子里

面对着历史长河的滚滚波涛，
我的胸中回荡着澎拜的曲调，
追寻着红军长征的蜿蜒踪迹，
我的眼里饱含着崇敬的萦绕。

他们从残破不堪的瑞金出发，
走向了朦胧憧憬的伟大目标，
带着对"五次反围剿"的沉痛遗憾，
告别了中央苏区的小河石桥。

坚壁起养伤治病的昔日战友，
安排好亲人老俵的生活锅灶，
举起了布满弹孔的红色军旗，
吹响了悲怆雄壮的出发军号。

一条条长龙在山路上急速地行进，
一串串火把在黑暗中隐约地闪耀，
宿营时老班长吹起了悠扬的竹箫，
红小鬼在睡梦里哼起家乡的歌谣。

水牛在稻田里拉着古老的铧犁,
月亮在云朵里挥洒桂花的味道,
抓紧时间编织好脚上穿的草鞋,
找根马尾穿透走路磨出的血泡。

原来那满山遍野的青翠竹林啊,
建起了国民党步步为营的碉堡,
根据地的面积被侵占得日益萎缩,
苏维埃的势力被挤压得越来越小。

由于错误路线的死教条和瞎指挥,
红军被迫选择了突围转移的险招,
昔日美丽清澈的湘江水啊波涛汹涌,
变成了红军将士们浴血奋战的凶兆。

天上有数十架飞机侦察扫射和轰炸,
地上有各地军阀布下的关卡和战壕,
数十万国民党军队的围追堵截啊,
使红军受到了前所未有的惨重损耗。

一多半的革命火种被汹涌的湘江吞没,
奔流的江面上漂满了尸体和苏区的钞票,
浓密的乌云笼罩在华夏的苍茫大地上,
血雨腥风的恐怖在红军的头顶上飘摇。

中国革命的真理在哪里?
中国工农红军的出路哪里找?
遵义会议终止了错误路线的肆虐,

确立了毛泽东同志在中央的正确领导。

这是中国革命的历史性选择，
这是关系红军生死的决断性投票，
中国这艘航船终于绕过了暗礁激流，
走上了充满希望和阳光的胜利大道。

四渡赤水演绎了一个现代军事的神话，
红军终于甩掉了被动挨打的绞索圈套，
重生的红军举起了北上抗日的旗帜，
浴火的长征变成了宣传播种的海报，

智取金沙江彰显了红军的机智敏捷，
飞夺泸定桥展示了红军的神勇奇骁，
银装素裹的夹金山挡不住红军的去路，
险恶无边的大草地吓不住革命的英豪。

红军就像一条巨龙蜿蜒在中国的大地，
红军就像一股铁流奔涌在神州的怀抱，
历经千难万险终于在陕北胜利地会师，
跨过万水千山终于在延安平稳地落脚。

两万五千里风餐露宿顶风冒雨，
二十四个月星移斗转成就朱毛，
长征是中国革命的伟大里程碑，
长征是中国共产党的自豪骄傲。

长征是震撼世界的英雄壮举，
长征是永垂史册的革命写照，

长征走出了不屈的英雄脊梁,
长征种下了旺盛的理想树苗。

长征铸就了人民军队的铁血军魂,
长征完成了中华民族的意志塑造,
长征是无数革命先烈用鲜血书写的宣言,
长征是千万红军将士用白骨铺成的大道。

八十周年,当年的红小鬼都已作古,
岁月悠悠,昔日的长征路都已残消,
不能忘记啊,红军战士的临终嘱托,
不能忘记啊,长征路上的弹壳马刀。

不朽的长征保留了中国革命的火种,
神圣的长征吹响了胜利进军的号角,
我们在党中央习主席的正确领导下,
为振兴中华做好中国梦勇敢地起跑。

长征的传统永存,
长征的精神永葆,
长征的后人永在,
长征的旗帜永飘。

2017年9月底作于北京

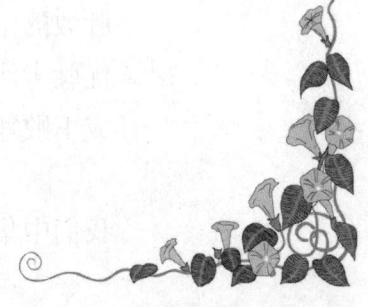

配乐诗朗诵

中国当自强

站在雄伟庄严的人民英雄纪念碑旁,
眼望着夜空里北斗七星的耀眼光芒,
心潮澎湃啊,就像是大海的汹涌波涛,
回首往事啊,眼前是古老的历史沧桑。

漫步在博物馆里那些展览的走廊,
眼前又看到了前辈们征战的刀枪,
曾几何时,我们中国是那样的强盛,
万国来朝啊,我们华夏是世界的中央。

辽阔的国土几乎占据了多半个亚洲,
悠久的文化覆盖了周边国家的课堂,
那时候作为一个中国人可以扬眉吐气,
那时候作为一个中国人可以论短说长。

游戏的规则由中国人制定,
胜败的结论由中国人考量,
优胜劣汰是自然界生存的法则,
成王败寇是人类社会铁的规章。

我们中华民族拥有五千年的文明历史,

我们炎黄子孙有十三亿双勤劳的臂膀,
我们拥有地大物博富饶美丽的国土,
我们拥有广阔的天空和蓝色的海疆。

在全世界面前我们没有理由落后啊!
面对着艰难险阻我们没有理由彷徨!
再也不能让鸦片战争在中国重演,
再也不能让八国联军在华夏逞强。

火烧圆明园的悲剧要时刻牢记,
甲午大海战的耻辱要永远不忘,
卢沟桥事变的弹孔至今清晰可见,
南京大屠杀的鲜血仍在心中流淌。

帝国主义列强准备好了新的条约,
亡我中国是强盗多年痴心的妄想,
华人早已不是旧时代的"东亚病夫",
中国早已变成了世界的大国栋梁。

中国当自强,这是人民的意愿,
中国当自强,这是民族的期望,
中国当自强,这是历史的重托,
中国当自强,这是使命的担当。

我们不要看别人的脸色,
我们要挺起自己的脊梁,
我们的手里要有镇国的法宝,
我们的心里要有振兴的期望。

秦岭啊 你作证

历史上有多少英雄豪杰指点江山,
神州上有多少壮怀激烈剑影刀光,
中国从来就不是一个软弱无能的国家,
中国今后更不是一只任人宰割的羔羊。

我们的骨头里有三皇五帝铸就的合金,
我们的身体里有盘古和女娲织造的柔肠,
我们的血与祖先的血是同样的滚烫鲜红,
我们的伤与祖先的伤是同样的来自疆场。

为了维护世界的自由与和平,
为了释放正义的呼声与能量,
中国当自强,我们有四大发明的辉煌记忆,
中国当自强,我们有上下五千年的文明浩荡。

中国当自强,我们有攻无不克的人民军队,
中国当自强,我们有执政为民的中国共产党。
中国当自强,我们必须在世界的东方崛起,
中国当自强,我们必须走在社会主义大道上。

这是中华民族的伟大梦想啊,
这是炎黄儿女的衷心期望,
中国当自强啊!
中国当自强!

2016年9月9日脱稿

诗词歌赋作品集

配乐诗朗诵

中国——启航

——写在中国共产党成立九十五周年和
　　"两学一做"活动的喜庆日子里

蓝天,碧海,朝阳,
　　　白云,鸥燕,霞光。
中国号巨轮,
　　　汽笛长鸣,
　　　　　　响彻云霄
　　　　　　　　　在浩瀚之中启航。
从长城内外的成行鸿雁,
　　　到大江南北的稻花飘香;
　　　　　　从三山两盆的草场森林,
　　　　　　　　　到白山黑水的仙鹤故乡。
我们伟大的祖国啊,
　　　　　鲜花盛开,
　　　　　　　　万里吉祥!
我们勤劳勇敢的人民啊,
　　　　　　众志成城,
　　　　　　　　　固若金汤!
九百六十万平方公里的国土,

秦岭啊　你作证

秦岭啊 你作证

　　　三百多万平方公里的海疆，
是三皇五帝
　　　　留给我们的遗产，
　　　　　蕴藏着无穷的
　　　　　　　　珍贵宝藏。
这是我们赖以生存的根基，
　　　这是我们得以壮大的土壤，
上下五千年，
　　　中华锦绣长，
　　　　　神州彩虹现，
　　　　　　　战旗迎风扬。
上个世纪的
　　　一九二一年，
　　　　　九州大地
　　　　　　　风起云涌
　　　　　　　　　惊雷激荡。
"英特纳雄耐尔"的
　　　雄壮歌声，
　　　　　从伟大的苏联传来，
　　　　　　　给中国送来了
　　　　　　　　　马克思列宁主义；
"阿芙乐尔"号巡洋舰
　　　打响了攻占冬宫的
　　　　　第一炮
　　　　　　　宣告了社会主义制度
　　　　　　　　　是人类发展的必然方向！
伟大的中国共产党，
　　　接受了马列主义的真理，

拨开迷雾,
　　给蹉跎艰难的
　　　　中华民族,
　　　　　　找到了指南的罗盘,
　　　　　　　　把三座大山的
　　　　　　　　　　丧钟敲响。

忆往昔,
　　我们看到了,
　　　　上海中共一大的宣言,
　　　　我们看到了,
　　　　　　南湖游船上粗重的木桨,
　　　　　一步一步地,
　　　　　　把中国革命的航船,
　　　　　　　　划向了远方。

他们升起了
　　共产主义的风帆,
　　在探求真理的
　　　　道路上,
　　　　　我们找到了
　　　　　　无坚不摧的
　　　　　　　　制胜法宝;

在五十二位
　　革命先行者的
　　　　簇拥下,
镰刀和锤头,
　　融在了一起,
　　　金色的党徽
　　　　　放出了

耀眼的光芒!

他们冲破了
　　旧中国
　　　　半封建
　　　　　　半殖民地的束缚
　　　　　　　　制定了救国救民的
　　　　　　　　　　良方妙药;

伟大的
　　中国共产党
　　　　向灾难深重的
　　　　　　中国人民,

发出了
　　觉醒的呼唤,
　　　　展开了
　　　　　　民主和科学的翅膀。

《共产党宣言》
　　像一把通红的火炬,
　　　　照亮了
　　　　　　共产党人
　　　　　　　　和革命志士
　　　　　　　　　　那炽热的胸膛。

一点点的
　　星星之火
　　　　点燃了
　　　　　　古老的中华大地,
一杆杆的红旗
　　插遍了神州的
　　　　山山水水

乡寨村庄。

经过二十八年的
　　浴血奋战
　　　　中国共产党
　　　　　　从小到大
　　　　　　　　从弱到强；

把瑞金城头那杆
　　苏维埃的红旗
　　　　扛到了遵义
　　　　　　打到了延安，
　　　　　　　　插到了西柏坡。

他们高举着
　　这面英雄的旗帜，
穿过了
　　弥漫的
　　　　战火硝烟
　　　　　　背负着
　　　　　　　　浑身的弹孔刀伤；

终于走到了北京，
　　庄严地
　　　　走过那沸腾的
　　　　　　金水桥畔，
伴随着
　　《义勇军进行曲》
　　　　雄壮的旋律，
升起在
　　欢乐的
　　　　天安门广场。

—103—

秦岭啊 你作证

公元一九四九年十月一日，
　　中华民族的历史，
　　　　翻开了崭新的一页
　　　　　　"中国人民站起来了！"
炎黄的子孙啊，
　　在华夏的大地上
　　　　尽情地抒怀
　　　　　　快乐地歌唱！
从此后啊，
　　社会主义的列车
　　　　在特色的轨道上奔驰，
把中国人民
　　送进了
　　　　幸福美好的天堂。
十年浩劫，
　　给新中国
　　　　造成了
　　　　　　极其巨大的伤害，
国民经济到了
　　崩溃的边缘
　　　　百姓的生活
　　　　　　没有改善
　　　　　　　　更没有增长。
人们缺失了
　　应有的道德
　　　　和崇高的信仰，
历史在发问
　　人民在发问

全党在发问

中国的出路在哪里？

　　人们的心里

　　　　充满了彷徨，

　　　　　　充满了观望，

就在这历史的危难关头

　　中国共产党打破了

　　　　僵化陈旧的理念

　　　　　　大胆地解放了思想，

我们在实践中

　　对真理的标准

　　　　重新进行了界定，

拨乱反正的春风，

　　在中国的大地上

　　　　回旋荡漾，

"发展就是硬道理"

　　"落后就要挨打"

　　　　这是用泪水和鲜血

　　　　　　换来的历史经验，

在发展经济中

　　改善人民的生活

　　　　在改革开放中

　　　　　　达到社会的小康。

坚决地

　　杀开一条血路

　　　　把封闭多年的

　　　　　　中国大门

　　　　　　　　打开，

秦岭啊　你作证

让中国看到了
　　　外面多彩的世界
　　　　　让中国走向
　　　　　　　七大洲四大洋。
看今朝，
　　　日新月异的中国速度
　　　　　引起了全世界的关注；
第二大经济体的
　　　不断壮大
　　　　　博得了全人类的鼓掌。
我国在国际上
　　　有了重要的话语权，
我国的综合国力
　　　有了突飞猛进的增长，
我们早已不是旧中国的
　　　"一盘散沙"和"东亚病夫"，
我们的国家早已变成
　　　坚固无比的
　　　　　铁壁铜墙。
展未来，
　　　我们看到了
　　　　　中国的前程
　　　　　　　如花似锦；
跟着党
　　　我们更加坚定了
　　　　　为共产主义
　　　　　　　奋斗终身的
　　　　　　　　　伟大信仰。

我们中国
  要在地球上
    经久不衰；
中华民族
  要在世界上
    永存不亡。
我们不能再犹豫，
  我们不能再彷徨，
    我们要在党的领导下
      谱写社会主义新的篇章。
啊,中国
  正在崛起
    中国正在
      展翅飞翔；
伟大的复兴之路
  充满了挑战和机遇，
    也充满了责任和担当。
为了实现中国梦啊，
  我们要前仆后继
    奔向为祖国
      建功立业的疆场；
我们有习总书记做统帅
  我们有英明果敢的党中央，
    不管面临着多少艰难险阻
      不管面对帝国主义多少列强。
我们无怨无悔
  我们意志坚强
    我们绝不退缩

秦岭啊 你作证

     我们举世无双。

伟大的祖国啊,
  我们是您忠诚的儿女,
我们记住了历史的教训,
  我们记住了前辈们
    浴血奋战的光辉形象。

忘不了啊
  井冈山的梭镖,
    八角楼的灯光,
      湘江上的激战,
        遵义会议的期望。

忘不了啊
  铁索桥的呐喊,
    大雪山的凄凉
      棋盘陀的壮士
        刘胡兰的村庄。

看啊,
  那里是
    卢沟桥日寇的铁蹄;
看啊,
  那里是
    雨花台阴森的刑场;
看啊,
  那里是
    白公馆沾血的皮鞭;
看啊,
  那里是
    渣滓洞带刺的电网。

啊,朋友,
　　　我们今天的幸福生活
　　　　　　　来之不易,
我们不能心安理得,
　　　我们更不能
　　　　　　忘祖欺宗,
　　　　　　　　昧心离党。
让我们记在心里
　　　　是无数的革命先烈
　　　　　　抛头颅,洒热血
　　　　　　　换来了
　　　　　　　　　今天的汽车,飞机,
　　　　　　　　　　　电脑,洋房。

让我们团结起来
　　　用我们炎黄儿女的赤诚
　　　　去抒发民族振兴的激情,
让我们挽起臂膀
　　　昂首阔步走在
　　　　　特色浓郁的
　　　　　　　社会主义大道上。

中国,
　　　只有在党的领导下
　　　　　　　才能发展,
中国,
　　　只有在党的指挥下
　　　　　　才有希望。
我们要
　　　驾驶着"中国"号巨轮

秦岭啊　你作证

绕暗礁,过险滩,
　　　坚定地驶向浩瀚的深蓝,
我们要高举着革命的旗帜
　　　　努力开创"一带一路"的
　　　　　　宏图伟业
　　　　　　　　让世界洒满明媚的阳光。
我们要在南海
　　　用一枚枚火箭
　　　　　　树立起一座座界碑,
向全世界宣告,
　　　九段线以内
　　　　　都是中国的领海,
谁敢挑衅中国的主权,
　　　我们一定对跳梁小丑
　　　　　　　　还以颜色,
　　　　我们一定挥动铁拳,
　　　　　　打断侵略者的脊梁。
我们开拓创新,
　　　我们坚定理想;
　　　　我们勇挑重担,
　　　　　　我们忠诚于党;
　　　　　　　我们义无反顾,
　　　　　　　　我们斗志昂扬!
中国崛起啊
　　　中国阳光
　　　　中国无畏啊,
　　　　　势不可当。
中国振兴啊,

中国富强；
　　民心所向啊，
　　　　再铸辉煌。
我们高唱着时代的战歌，
　　我们践行着复兴的梦想；
　　我们迎风斗雨，
　　　　我们劈波斩浪。
向着蔚蓝的大海，
　　向着初升的太阳，
　　　　中国启航啊——
　　　　　　中国——启航——

2016年7月26日脱稿

抒情长诗

中国脊梁

谁能告诉我啊,
谁是中国的脊梁?
这个问题提得有些唐突!
也有些抽象!

谁能告诉我啊,
谁是中国的脊梁?
我向巍巍的群山发问,
群山挺起了雄伟的臂膀。

我向滔滔的江河发问,
江河翻起了汹涌的波浪。
我向苍茫的大海发问,
大海向我敞开了广阔的胸膛。

我向高傲的苍穹发问,
苍穹向我洒下了银色的星光。
挺起来吧,中国的脊梁!
说出来吧,无尽的衷肠!

在这虫鸣呢喃的仲夏之夜,

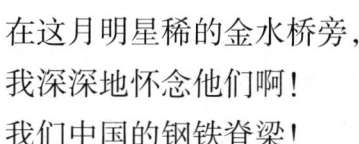

在这月明星稀的金水桥旁，
我深深地怀念他们啊！
我们中国的钢铁脊梁！

他们高唱着《义勇军进行曲》
伴随着五星红旗的迎风飘扬，
他们从大洋的彼岸回来了，
拥吻着华夏大地泥土的芳香。

他们从华丽的小洋楼出发，
落脚在北京的天安门广场，
把一腔的爱国热血献给祖国，
把浑身的聪明智慧报效国防。

他们为了中华民族的利益，
放弃了国外优越的生活条件，
回到了一穷二白的故土家乡，
他们放弃了喷香的牛奶面包，
吃起了粗茶淡饭和清水菜汤。

他们回来了，顾不上休息，
马上投入到无比繁忙的工作，
他们回来了，顾不上时差，
立即奔向那极其隐秘的战场。

他们背负着历史赋予的责任，
他们肩扛着人民巨大的期望，
他们隐去了自己真实的姓名，
他们放弃了自己成名的理想。

秦岭啊　你作证

为了祖国的繁荣强盛啊，
为了抵抗帝修反的核武大棒，
为了人民的幸福生活啊，
为了保卫大中华的主权安享。

数以万计的海外侨胞啊，
向伟大的祖国奉献了赤子之心，
二十三位著名的科学家，
向伟大的祖国立下了军令状。

成千上万的解放大军啊，
披着满身的硝烟走进了戈壁沙漠，
天南海北的工人农民啊，
带着背包和工具开始了修路建厂。

他们告别了年幼的弟弟和妹妹，
他们拜别了年迈的父母和爹娘，
他们面对的是飞沙走石的风暴，
他们迎接的是两弹研制的迷茫。

他们用最简陋的仪器设备，
去探索最复杂的技术魔方，
三年的自然灾害席卷了中国大地，
人们遭受了前所未有的重大饥荒。

核武器的研制啊，
受到了严峻的考验，
他们夜以继日地工作，

-114-

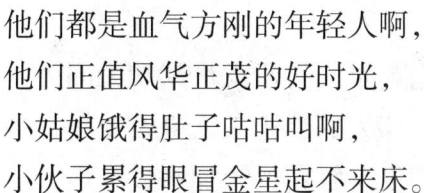

汗水滴在了办公桌上。

他们都是血气方刚的年轻人啊,
他们正值风华正茂的好时光,
小姑娘饿得肚子咕咕叫啊,
小伙子累得眼冒金星起不来床。

但是他们没有向困难低头,
顽强地挺起疲软酸痛的脊梁,
他们拨动古老的算盘珠,
计算着核武器的数据次方。

他们拿炒菜用的大铁铲,
操控着高爆药的精密剂量,
他们面对的是科学的挑战,
他们从事的是绝密的担当。

白天面对的是戈壁上的荒芜,
夜晚望见的是帐篷外的月亮,
上不告诉父母,下不告诉妻儿,
这钢铁一样的纪律绝不能走样。

他们忍受着常人不能忍受的寂寞,
他们承载着核子辐射造成的杀伤,
当罗布泊的上空升起了蘑菇烟云,
当长安街上散发号外到群众争抢。

年轻的人民共和国啊挺直了腰板,
鲜艳的五星红旗啊正迎风飘扬,

秦岭啊　你作证

举国欢庆的浪潮遍及中华大地，
西方列强的美梦瞬间丧钟敲响。

我们英雄的科研人员默默无闻，
我们伟大的战士工人毫不张扬，
他们没有鲜花的簇拥和鼓掌声，
他们也没有功臣的待遇和奖章。

他们有的只是那一身的伤和病，
他们有的只是那心窝里的梦想，
在茫茫的人海中他们默默无闻，
在美艳的花丛中他们暗暗飘香。

这是二十三位国家的英雄，
这是二十三根擎天的栋梁，
这是二十三座历史的丰碑，
这是二十三首永恒的诗章。

他们的名字虽然曾被埋没，
却像钻石一样会永远发光，
他们的名字虽然普通无奇，
却像龙骨一样撑起了国防的脊梁。

他们的像貌虽然通俗平凡，
却包含着精忠报国的诚心和衷肠，
他们走了，却给后人们留下了，
取之不尽的宝贵的精神食粮。

他们走了，却给子孙们留下了，

净化心灵的永远的沁骨芳香，
他们才是中华民族的杰出代表，
他们才是炎黄子孙的钢铁脊梁！

他们的丰功伟绩与日月同辉永垂史册，
他们的镇国大器与天地共存百世流芳，
他们用自己的双手打开了核工业的大门，
他们用自己的心血点亮了高精尖的灯光。

他们用自己的聪明智慧造出了两弹一星，
他们用自己的无私奉献铸造了灿烂辉煌，
他们是我国创建国防工业的伟大奠基人，
他们是我国开拓尖端武器的不朽好儿郎。

他们攻克了两弹一星上的座座难关，
他们劈开了科研道路上的层层刺芒，
他们为中华民族的振兴倾注了满腔热血，
他们应该是全国人民学习的光辉榜样。

他们为炎黄儿女的崛起捐出了壮士铁骨，
他们应该是全国人民顶礼的心中偶像，
他们从事的工作是前无古人的破冰探索，
他们忠诚的事业是震慑强敌的核伞神棒。

他们建立的盖世功勋无人可比灿若银河，
他们创造的惊人奇迹无人能及地久天长，
他们无怨无悔的身影化作了巍巍的群山，
他们克己奉公的热情变成了滔滔的海浪。

秦岭啊 你作证

他们的足迹将永远印在这古老的华夏大地，
他们的名字将世代响在这巨龙传人的耳旁，
美丽的金银滩见证了英雄们辉煌的人生，
神秘的罗布泊记住了功臣们永恒的塑像。

这就是我们中华民族引以为自豪的英雄，
这就是我们炎黄儿女最应该崇尚的脊梁，
让我们举起前辈们留给我们的红色旗帜，
在中华崛起的复兴之路上放飞美丽梦想。

啊，
中国的脊梁，
你是中国的希望，
你永远挺立在十三亿中国人民的身上。

2017年6月4日作于北京

中华民族魂

巍巍昆仑舞翩翩，
滔滔黄河诗烂漫，
刚毅中华多英烈，
始祖炎黄更灿然。

盘古挥斧分清浊，
女娲举石补苍天，
三皇五帝铭史册，
英雄豪杰战犹酣。

雄伟长城卧群山，
飘柔运河南北贯，
四大发明惊世界，
孔孟儒学震宇寰。

丝绸之路通西域，
瓷茶越洋登宝船，
国土辽阔九万里，
辉煌历史五千年。

文明古国换新颜，

礼仪之邦名盛传,
今日中华抖雄风,
笑看列强来朝见。

政通人和国安泰,
莺歌燕舞彩云间,
自信特色生机旺,
江山如画梦必圆。

要让英雄光耀祖,
更要歹徒无颜面,
君仁芳名香九霄,
恶匪顽劣下黄泉。

耕读祖训传万代,
逢敌敢亮龙泉剑,
热血喷张狮怒吼,
为国捐躯青史鉴。

挥笔疾书诗文美,
举枪震慑鬼妖寒,
不惧敌寇贼联手,
众志成城意志坚。

神州大地重气节,
龙腾虎跃起狼烟,
待到中华崛起时,
彩虹飞架凯歌旋。

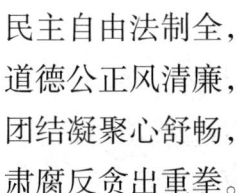

民主自由法制全，
道德公正风清廉，
团结凝聚心舒畅，
肃腐反贪出重拳。

科学正义要提倡，
开拓探索兴科研，
诚实守信人为本，
拼搏奋斗国力添。

只盼山河早复还，
不愿外敌再侵犯，
遥听卢沟响枪炮，
牢记金陵民涂炭。

落后挨打是铁律，
自强不息站高巅，
上苍赐我疆与海，
不当王者愧对天。

正视历史敢担当，
铭记国耻一万年，
实事求是不文过，
聚精会神谋发展。

厚德能使人载福，
利刃直指捍主权，
危机意识敲警钟，
切莫浮躁心迷乱。

秦岭啊 你作证

情操人格要坚守,
自强不息要承传,
敬业爱岗多学习,
持之以恒功圆满。

为人处世要感恩,
建功立业耀祖先,
承前启后责任重,
中华血脉紧相连。

前赴后继红旗展,
笑迎刀枪与弹片,
战死沙场血染疆,
英灵忠骨埋河川。

男儿为国不惧死,
女子勤劳守家园,
先辈遗志后人承,
铁马冰河荐轩辕。

积极进取争上游,
摘星揽月遨宇寰,
神舟扶摇上九重,
嫦娥奔月到广寒。

蛟龙深潜入碧海,
波翻浪涌水湛蓝,
长征路上铸辉煌,

扬鞭策马跨雄关。

国旗飘舞在蓝天,
万紫千红花满园,
昂首迈进新时代,
凯歌响彻山水间。

爱我中华十三亿,
复兴巨轮升大帆,
勇敢奋发有智慧,
挺身崛起格局变。

解放思想要大胆,
砍掉束缚多实践,
墨守成规须打破,
改革开放要实干。

符合民意是真理,
担当责任用铁肩,
除暴安良仗义行,
雪耻洗辱账清算。

民族兴亡不等闲,
匹夫有责莫迟缓,
激流勇进真豪杰,
百折不挠意如磐。

战鼓擂得山河动,
号角劲吹旗漫卷,

秦岭啊 你作证

千载难逢今盛世，
万古流芳为尊严。

厚积薄发勤修炼，
韬光养晦薪尝胆，
血性炎黄立九鼎，
雄踞天下定中原。

不忘初心跟党走，
坚守信仰谱新篇，
敬写中华民族魂，
红梅傲雪香芳远。

2017年9月3日作于北京

长城万里雄

万里长城卧青峦,
古今中外威名传,
春秋战国纷纷筑,
秦皇统一节节连。

塞外黄沙铁马疾,
关内绿野飞鸿雁,
敌楼高耸旌旗舞,
烽火台上起狼烟。

东起渤海老龙头,
西到甘肃嘉峪关,
蜿蜒逶迤纵神州,
气势磅礴冲霄汉。

饱经风雨受磨砺,
见证沧桑数千年,
砖石块块都溅血,
雄隘座座驻营盘。

故事传奇耀史书,

秦岭啊 你作证

秦岭啊 你作证

爱国情怀割不断，
六郎把守三关镇，
昭君出塞不惧寒。

喜峰口上杀贼寇，
平型关里捷报传，
大漠如海诗意浓，
戈壁荒原霞光灿。

边关冷月照河川，
长眠多少英雄汉，
中华民族重气节，
宁死不屈抽宝剑。

雄城万里遗风在，
残垣断壁志更坚，
长城不倒永屹立，
巨龙腾飞天地间。

2018 年 3 月 24 日作于北京

诗词歌赋作品集

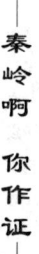

秦岭啊 你作证

黄河献辞

黄河滚滚荡金波,
风云瑟瑟唱豪歌,
九曲十八弯映月,
五千余里路蹉跎,
巴颜喀拉冰雪融,
飞流直下汇成河,
奔腾咆哮常改道,
华夏自古灾难磨。

两岸雄奇好巍峨,
炎黄各守一部落,
逐鹿中原立九鼎,
旌旗飞舞君臣坐,
黄土孕育华人根,
母亲河名遍中国,
金戈一挺号天下,
王者辉煌光四射。

鲤鱼肥美上餐桌,
苹果香甜长满坡,
艄公号子声不断,

秦岭啊 你作证

羊皮筏子渡宾客,
漂亮婆姨在米脂,
欲寻好汉去绥德,
秦皇兵马坑威武,
宝鸡享有青铜多。

沟壑纵横似刀割,
物华天宝赛星罗,
宝塔山下有抗大,
人杰地灵气磅礴,
秦陕八百童子军,
拜别父老跳黄河,
英勇悲壮撼天地,
笑洒泪血泣神魔。

壶口瀑布晋陕隔,
黄帝陵里供香火,
中华始祖英魂在,
大槐树下黄叶落,
沿河走到渤海湾,
爱国情怀心中刻,
待到民族崛起时,
千舟万船竞大河。

2018年3月28日作于北京

毛泽东赞

一八九三,日出韶山;伟人降临,绯紫生烟。
石三伢子,坚如石磐;泽东意深,声震宇寰。
雨露滋润,万物腾欢;同情弱者,积德行善。
立志求学,不成不还;埋骨桑梓,处处青山。
身无分文,心志忧天;烈风雷雨,借以练胆。
苦其心志,铸牢信念;笔走龙蛇,挥洒自然。
激扬文字,指点江山;史记汉书,苦读习研。
游历山川,敬司马迁;写《宋襄公论》《救国图存论》,深得师赞。
身有仙骨,气宇昂轩;黄河之水,千里波澜。
读书广博,引经据典;师承杨门,青胜于蓝。
桃园太古,大木柱天;传播马列,驾驭红船。
秋收暴动,上井冈山;星星之火,可以燎原。
五次围剿,苏区涂炭;长征初期,左倾路线。
伟人被欺,红军落难;湘江浩劫,损失过半。
遵义会议,乾坤逆转;四渡赤水,出包围圈。
主席掌舵,北斗星闪;强渡长江,突破天险。
飞夺泸定,翻越雪山;走过草地,直奔陕甘。
抗战爆发,七七事变;国共合作,统一战线。
审时度势,著《论持久战》;打败日寇,国共和谈。
飞抵重庆,大义凛然;《沁园春·雪》,气冲霄汉。
语惊四座,光耀红岩;妙语连珠,幽默蓄含。

秦岭啊 你作证

豪气十足,浪漫非凡;对梅挚爱,对雪依恋。
对海独钟,诗意盎然;三大战役,中国巨变。
打过长江,解放江南;新中国立,蒋逃台湾。
天安门上,发布宣言;五星红旗,迎风飘展。
《义勇军进行曲》,响彻云天;万众欢腾,花海无边。
伟人挥手,前程璀璨;政通人和,国泰民安。
抗美援朝,送儿参战;与民共苦,爱国典范。
三反五反,惩治贪官;毙刘青山,杀张子善。
为民除害,为党除奸;自然灾害,带头节俭。
青菜素食,不吃肉蛋;全身浮肿,让人心酸。
妻儿亲朋,更加严管;不许特殊,低调不宣。
艰苦朴素,一切从简;穿补丁衣,旧鞋不换。
百家争鸣,百花争艳;不畏强敌,造出两弹。
东方红响,卫星上天;反修抗美,独具慧眼。
三个世界,理论经典;文革历史,后人评判。
中美解冻,力挽狂澜;世界格局,从此改变。
伟人逝去,四十余年;音容笑貌,犹在人间。
丰功伟绩,日月可鉴;美玉有瑕,无碍大观。
伟人虽圣,也存缺憾;金无足赤,人无万全。
历史车轮,滚滚向前;主席品德,人民怀念。
雄文数卷,智慧经典;光辉旗帜,领路在前。
写诗敬作,略表心言。

2016年12月1日作于北京

周恩来之歌

——写在纪念敬爱的周总理诞辰
一百二十周年的日子里

从江苏省的淮安，
到天津的南开，
从"五四"运动，
到组织"觉悟社"
从欧洲的勤工俭学，
到对共产主义的崇拜。

从旅欧少年共产党，
到探索马列主义的未来，
从"南昌起义"的第一枪，
到离开血雨腥风的上海。

从反击国民党的"五次围剿"
到"遵义会议"的胸怀，
从"西安事变"的危机，
到"国共合作"的展开。

从延安的窑洞，
到西柏坡的山脉，

秦岭啊 你作证

从开国大典,
到"抗美援朝"的豪迈。

从研制核武器,
到"万隆会议"的风采,
我们敬爱的周总理啊,
忍辱负重,顶住惊骇!

呕心沥血啊,把身体累坏,
您用自己的实际行动,
诠释了一名共产党员的标准,
您用自己的清正廉洁,
道出了一位国家领导人的情怀。

您用自己的无私奉献,
塑造了一个人民公仆的形象,
您用自己的超凡智慧,
开启了一个"四化建设"的新时代。

毛主席是那擎天的白玉大柱,
支撑着共和国的江山社稷,
周总理是那架海的紫金长梁,
肩负着共和国的长盛不衰。

您把"为人民服务"的徽章戴在胸前,
人民把您的名字深深地永远珍爱,
您把骨灰撒在江河与大地上,
人民把思念融进天空和大海。

您是一座雄伟的高山,
俯瞰着华夏的九派,
您是一座永恒的灯塔,
避免了对航船的危害。

您是一面光辉的旗帜,
散发着英雄的风采,
您是一个纯洁的灵魂,
充满着正直的心怀。

您是一个民族的象征,
把握着美好的未来,
您是一首不朽的史诗,
咏诵着宏伟的期待。

您是一棵挺拔的青松,
流露着不屈的气概,
您是一座高耸的丰碑,
预示着光明的常在。

您是一条奔腾的大河,
焕发着生命的澎湃,
您是一位慈祥的长者,
教导着后人的承载。

您就是忠诚的化身,
您就是力量的纽带,
您的诞生,
给中华民族降临了一位贤德的总理,

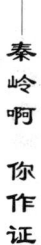

秦岭啊　你作证

秦岭啊 你作证

您的逝世，
让世界人民痛失了一位挚友的博爱。

您的脚步，
踏遍了神州大地的山山水水，
您的爱心，
温暖了华夏儿女的村村寨寨。

在中国复兴大业的队伍里，
我们又看到了您老人家的身影，
在民族圆梦壮举的阵容里，
我们又看到了您那消瘦的身材。

大地上传诵着赞美周总理的诗歌，
天空里闪烁着三个金光的大字，
周——恩——来！

    2018 年 3 月 3 日作于北京

朱德颂

除暴安良护众生，
救民水火四乡宁，
立志救国苦寻党，
不当将军辞富庭。

万里迢迢赴欧洲，
丹心耿耿见忠诚，
君子度量大如海，
意志坚定铁迸星。

国共合作遭绝境，
血流成河风雨腥，
南昌起义枪声响，
红色领带舞长缨。

率领队伍上罗霄，
井冈会师朱毛成，
身先士卒胆气豪，
枪林弹雨打冲锋。

井冈山上路崎岖，
朱总挑粮脚不停，

秦岭啊 你作证

反击围剿拼尽力，
战略转移去长征。

遵义会议立场明，
土城尽显腰杆硬，
为救红军不分裂，
忍辱负重甘受凌。

三次翻越大雪山，
三次脚踏草地泞，
终促三军喜会师，
全党齐赞玉阶名。

宅心仁厚淡名利，
三军将士把礼敬，
翠竹扁担今犹在，
光荣传统照汗青。

抗战爆发世人惊，
立马太行号角鸣，
驰骋华北看八路，
朱总指挥真英明。

深入敌后好策略，
发动群众破敌封，
参与百团战犹酣，
打得日寇不安宁。

三大战役乾坤定，

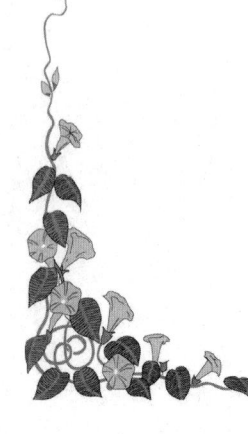

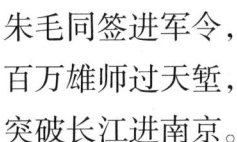

朱毛同签进军令，
百万雄师过天堑，
突破长江进南京。

蒋家王朝被埋葬，
神州盛开好光景，
铁血元帅获军衔，
独享美誉到顶峰。

平易近人一老翁，
谦虚谨慎体民生，
《朱德选集》文高雅，
仗义执言身清正。

荣誉面前不伸手，
革命到底显真情，
重病仍在为党忙，
享年未穿新衣行。

身经百战为革命，
饱经沧桑热血凝，
德高望重人民爱，
功高不居受尊敬。

巨星陨落天流泪，
神州同悲失一鼎，
悼念朱德委员长，
万古流芳永神圣。

2018年4月1日作于北京

党旗赋

一九二一年，七月二十三；红日出东海，万道霞光灿。
中国共产党，上海露红颜；一大党代会，南湖起航船。
迎风斗血雨，奋力挽狂澜；绕过暗礁石，机智过险滩。
从此探索起，马列真理传；星星之火小，遍地能燎原。
从小长到大，从弱到精干；扬鞭再策马，奋勇踏雄关。
依靠工农兵，热血看青年；罢工又起义，举锤砸锁链。
妙笔著文章，钢枪撑腰杆；五卅运动急，北伐旗招展。
蒋家野心狂，举刀屠共产；勾结众列强，四一二政变。
革命受挫折，前程雾迷漫；八一起义军，怒把南昌占。
打响第一枪，奔向井冈山；秋收暴动起，农会掌政权。
审时度势后，三湾重改编；建立根据地，革命有摇篮。
五次反围剿，形势大逆转；急走长征路，苏区遭沦陷。
湘江敌肆虐，红军损大半；遵义会议好，乾坤从此旋。
四渡赤水河，奇兵丧敌胆；巧渡金沙江，北上进四川。
抢渡大渡河，泸定桥血战；甩掉众敌军，爬过大雪山。
一四方面军，懋功手相连；北上去抗日，跨过大草潭。
攻克腊子口，翻越六盘山；到达吴起镇，长征凯歌传。
卢沟枪声响，全民齐抗战；挺进向敌后，开展游击战。
八路军在北，新四军在南；八年打日本，中共勇向前。
抗战得胜利，神州曙光现；蒋匪欲摘桃，待机打内战。
为了和平事，重庆来谈判；双十签协定，国共暂相安。

一九四六年，内战起硝烟；针锋相对敌，辽沈先胜算。
淮海显神威，平津和不战；打过长江去，解放大江南。
一九四九年，十月艳阳天；人民共和国，年轻又庄严。
古老北京城，到处红旗展；领袖毛泽东，挥手致宣言。
周刘朱挺立，众元勋齐欢。
《义勇军进行曲》高亢雄壮，"中华人民共和国成立了！"
五星红旗迎风升上旗杆，炎黄子孙从此挺直了脊梁，
中国人民从此露出了笑脸！

中国共产党，开创新纪元；茫茫华夏地，从此花烂漫。
抗美又援朝，反特更支前；激战上甘岭，和谈板门店。
反对核讹诈，研制原子弹；导弹飞长空，卫星遨宇寰。
灾害三年整，国家遭磨难；全党团结紧，人民咬牙关。
坚决跟党走，齐心渡难关；"文革"风浪起，徘徊整十年。
公元一九七六年，中国连续遭大难。
周总理与世长辞，朱委员长离人寰。
唐山大地震惊世，满目疮痍泪水涟。
九月九日天出血，毛主席驾鹤入仙班。
粉碎"四人帮"，华叶掌舵盘；
挽救革命挽救党，阴霾污浊一扫散。
一九七八年，历史大逆转；真理有标准，唯一靠实践。
十一届三中全会在京召开，拨乱反正为历史昭雪平反。
解放思想动脑筋，实事求是谋发展。
改革开放抓经济，团结一致向前看。
停止使用"以阶级斗争为纲"的错误口号，
全面纠正"无产阶级文化大革命"的内乱。
坚持走有中国特色的社会主义道路，
坚持以四项基本原则为核心的党的基本路线。
与时俱进，更新观念；一个中心，两个基本点。

坚持特色,论初级阶段;总设计师,首推邓小平。
"三个代表",全局总包揽;继往开来,血脉相连。
保先教育,科学发展;
毛泽东思想的科学体系,得到了持续不断地绵延。
你是真理的母亲,你是华夏的中坚;
你是和平的使者,你是幸福的花篮。
你是理想的化身,你是神圣的经典;
你是智慧的标志,你是博爱的源泉。
你是公正的战旗,你是毅力的风范;
你是光明的火炬,你是报春的群雁。
沧海桑田,星移斗转;
中国革命和建设的航船,
在伟大的、光荣的、正确的中国共产党领导下,
乘风破浪,奋勇向前!
火车提速,神舟上天;
探险南极洲,"蛟龙"海中潜。
与"天宫"接轨,"嫦娥"绕月转;
千古神话梦成真,中华民族凯歌传。
同心同德,众志成城;严防死守,战胜非典。
顽强抗击五一二汶川大地震,
英勇解救南方冰冻和大干旱;
成功举办二十九届奥运会,
完美展示六十年国庆盛典。
抗战胜利大阅兵,不忘国耻握枪杆;
天安门前看方阵,铁流滚滚震敌胆。
镰刀斧头金光闪,辉映红旗碧血染;
革命精神照乾坤,先烈遗志我承传。
立党为公顺民意,执政为民有赤胆;
八荣八耻定原则,反腐倡廉出重拳。

两学一做纠正党风,深刻把握时代内涵;
"四个全面"战略布局,"三严三实"执政宣言。
复兴大业路途遥,百折不回永向前。

航母出东海,看我辽宁舰;
火箭军新组,支援军始建。
"一带一路"通四海,"千年大计"建雄安。
党旗飘飘,今又华诞;怀古思幽,追根寻源。
莺歌燕舞,草绿花鲜;山清水秀,白云蓝天。
政通人和,国泰民安。
冰雪红梅香扑面,党在心中似火燃。
长城内外歌声起,大江南北换新颜。
好一派古国风光,好一幅祥和画卷。
抒不尽胸中豪情,道不完满腔依恋。
复兴中华,重任在肩;强国之梦,必定圆满。
喜迎十九大,党旗迎风展;欣然命笔,灵感如泉。
题诗作赋,谦恭敬献;文才不济,聊以自勉。
中华崛起在今朝,撸起袖子加油干。
誓为党旗铸辉煌,奋勇拼搏永向前!
不忘初心,海枯石烂;日月可表,天地可鉴。

2017年6月中旬作于北京

运 河 赋

鸟瞰华夏,中原大地;
玉带蜿蜒,纵贯南北;
北起涿郡,通州古镇。
诗云:"一支塔影认通州。"
后因货物,进城不便;
进而北拓,穿城过帆,昌平县记。
曾几何时,九龙喷吐;
白浮泉水,是为运河之源头也。
南到余杭,钱塘江口;
惊叹"钱塘江潮,万马奔腾,亘古奇观也"!
两水相连,一七六四公里有余,曰:京杭大运河。
途经北京、天津两市;
横跨河北、山东、江苏、浙江四省。
上下沟通,五大水系;
海淮黄河,长江钱塘,滋润中华。
两岸风光,一路传说;
浩浩荡荡,饱经风雨,遍布沧桑。
北望长城,乃人字之一撇,凸显阳刚之伟岸。
南览运河,恰似人字之一捺,饱含阴柔之秀美。
阴阳合璧,互相支撑;
蔚为大观,举世无双;

空前绝后,开凿最早。
公元之前,六一三年;
楚国连开,荆汉巢肥,两条运河。
春秋吴王,夫差十年,
开凿邗沟,以通江淮。
战国时期,又开大沟,
北起河南,原阳县北;
黄河南下,注入郑州;
东圃田泽,又合鸿沟。
从此以后,江淮河济,四水相连。
时至隋代,运河水系,洛阳为中。
大业元年,通济渠开;
北通涿郡,连广通渠;
终成多枝,运河系统。
隋帝杨广,全国征役;
三百余万,开凿河道。
京淮段至,江南运河,大功始成。
扬州看琼,南粮北运,得以实现。
文化繁荣,经济发展,贡献巨大。
水波荡漾,二千余里;
气派非凡,水面宽阔,四十余步。
两岸大道,种榆栽柳;
树荫相交,郁郁葱葱。
唐宋时期,运河作用,更显突出。
皮日休作《汴河铭》篇,
称:"北通涿郡之渔商,南运江都之转输,其为利也博哉。
元朝初始,定都北京。
先后开凿,三条水道。
大都为首,余杭是尾,分为七节。

漕船小舟,可由杭州,直抵大都,
此乃当今古运河之前身也。
明清两朝,维持原貌;
重新疏浚,淤废河道。
明中清前,黄运分离,湖漕分离。
京杭运河,历史悠久。
长度领先,比苏伊士,长十余倍。
比巴拿马,二十倍矣,
实乃当今世界运河之冠。
沿河两岸,富庶极多;
名城鳞次,文化优秀。
鱼米之乡,丝绸之城,互为依托。
经济发达,商贾云集。
人口稠密,地势平坦。
沃野千里,河湖交织。
主要粮棉,油蚕桑麻,皆产于此。
人杰地灵,物华天宝。
古往今来,实为华夏;
精气凝结,神奇荟萃之宝地也。
夜晚降临,明月高悬;
红灯渔火,交相辉映。
筝鸣曲唱,鸟语花香;
尽显人间,一片太平之景色尔。
朗朗乾坤,昭昭日月;
照映中华,遍地祥和之瑞象也。
纵观历史,今之运河;
始于春秋,成于隋朝;
繁于唐宋,取直于元代,疏通于明清。
促进航运,天下转漕;

仰此一渠，仅次长江，黄金水道，
终成南北交通之大动脉也。
闻名于世，享誉中外之重要纽带，
更是历朝历代之生命线也。
盛极之时，漕船万千，舳舻蔽水。
更有谚云："苏湖稻熟，天下富足"，
名不虚传，蜚声海内外。
京杭大运河，促进国家统一，
社会进步，对外贸易，
文化交流，功绩卓著。
工程浩大，规模空前，技术先进，
世人誉为：中国古代文化长廊，神州文明科技仓库。
名胜古迹，文人雅士，
民俗风情，自然景观，
多如繁星，不胜枚举。
其文化底蕴，堪与长城平分秋色。
紧随长江，稍逊风骚。
名城古镇，星罗棋布，
不愧为中华民族先人聪明智慧之结晶，
鲜活流动之人类文化遗产。
当今盛世，国泰民安，
政通人和，捷报频传。
保护运河，美化两岸，
抢救开发，刻不容缓。
延续京杭，运河文脉，
传承运河，文明古韵，
历史重托，匹夫有责。
祖先有灵，定当笑慰。
申报世界文化遗产，

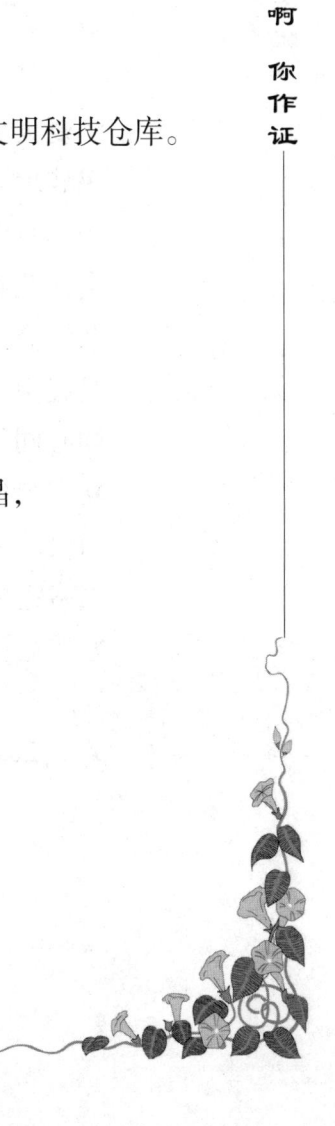

开凿数字京杭运河。
治理污染,疏通河道,
恢复自然人文景观,
最终实现,绿色航运,
运河风貌,永存世间。
振兴中华,重整河山;
天蓝水秀,树绿花鲜;
真情奉献,世界和谐,安乐永在。
京杭古运河,
青春焕发,流长源远;
铸造辉煌,雄姿再现;
华夏大地,玉带蜿蜒;
民族瑰宝,代代相传;
中华奇葩,盛开中原;
炎黄儿女,高歌梦圆。
恭敬撰文,赋而题之。
爱我中华,修我运河;
同心同德,正本清源。
功在当代,利在千秋,
树民族之丰碑,
书盛世之宣言。
警醒后世,万古流传。

2017 年 7 月 4 日

诗词歌赋作品集

元宵节赋

元宵佳节随春到，
月满人圆歌如潮，
举国欢庆彩旗舞，
锣鼓喧天花灯闹，
喜迎复兴新时代，
政通人和传捷报，
中华民族已崛起，
奔向小康阳光道。

华夏大地紫霞照，
绿水青山无限好，
吉祥如意苍天佑，
顺从民心是法宝，
幸福生活党指引，
特色道路是金桥，
乘风破浪初心定，
追梦不惧路途遥。

2017年元宵节前作于北京

秦岭啊 你作证

端午赋

端午作赋悼屈原
苇叶糯米把粽缠
追思左徒诗人情
缅怀三闾大夫颜
举贤任能修法度
富国强兵进忠言
联齐抗秦计策好
惜遭诬告被罢官

流放边疆二十载
楚国安危在心间
写诗作赋抒情怀
忧国忧民有赤胆
理想高洁多求索
誓不同流合污染
离骚大诗探真理
橘颂美辞万古传

秦将白起攻楚都
郢破之时民涂炭
人格清白受冷落

自投汨罗江水寒
痛辞故土与父老
直上九霄泪雨涟
爱国之情今犹在
参天大树枝叶繁

悲愤投江民乱哭
大夫尸骨寻不见
三年不食水中鱼
抛撒米食与君餐
从此端午节初立
为悼屈公赛龙船
青史留名看丰碑
梦寄乡愁更浪漫

华夏自古多好汉
灵均辞赋开纪元
光照日月丹心热
翠竹滴泪湿两岸
圣贤逝去魂徘徊
五月初五看杜鹃
渔火闪烁挽歌长
星光辉耀夜浴兰

诗人豪情冲霄汉
千古赞颂歌声婉
胸怀四海为社稷
眼望神州星移转
壮志未酬哭无泪

秦岭啊 你作证

仰头向月问苍天
夏风吹得衣带飘
只留清白在人间

2017 年 5 月 19 日作于北京

春色赋

春风吹拂着大地,
寒冰融化成水滴。
杨柳萌发着嫩芽,
小草挥起了绿色的手臂。

春雷震动着大地,
田野散发着气息。
万物涌动着呼唤,
燕子穿上了绅士的黑衣。

春雨滋润着大地,
池塘荡起了涟漪。
水面溅起了玉珠,
鱼儿跳出了欢快的蹦迪。

春日照耀着大地,
耕牛拉动着铧犁。
人们播下了希望,
生活充满了浓郁的生机。

秦岭啊 你作证

诗词歌赋作品集

月 光 赋

月满银辉照苍穹,
繁星闪烁天幕中,
大地幽然入梦里,
万家灯火更朦胧。

白云如莲嫦娥舞,
清光似水润山重,
古来多有婵娟赋,
今朝更爱诗意浓。

扁舟一叶荡水中,
乌棚窗内挂灯笼,
温壶老酒烹鱼蟹,
举杯相对饮几盅。

开怀笑吟古诗词,
诚邀玉盘照我胸,
渔歌晚唱琴声回,
船头两侧看芙蓉。

花前月下伴梧桐,

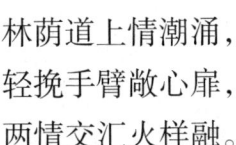

林荫道上情潮涌，
轻挽手臂敞心扉，
两情交汇火样融。

湖边长椅作见证，
山盟海誓紧相拥，
夜色柔美不虚度，
良宵时刻爱如虹。

**2018 年 7 月 27 日（农历十五日）
凌晨作于北京**

秦岭啊 你作证

诗词歌赋作品集

中 秋 赋

中秋佳节庆团圆，
明月当空如玉盘，
皎光洒地清似水，
皓白如雪是奇观。

吴刚酿得桂花酒，
玉兔捣药做仙丹，
嫦娥依窗望尘世，
不甘寂寞欲下凡。

神州大地红旗展，
香闻万里果满园，
群山黄翠飘落叶，
长空眺望雁飞南。

乡村小寨听牧笛，
城市重镇花灯闪，
美好生活在华夏，
盛世繁荣百花鲜。

万众翘首梦实现，

家国天下血脉连
各族人民团结紧,
同胞何时把酒欢。

但祝炎黄人长久,
祈福祖国共婵娟,
信笔挥成中秋赋,
听琴品茗夜无眠。

2017 年 9 月 24 日作于北京

秦岭啊 你作证

诗词歌赋作品集

秋色赋

秋高气爽艳阳天,
秋收硕果香满园,
秋风萧瑟黄叶落,
秋波暗送两情缘。

秋水荡漾鸳鸯戏,
秋景如画美江山,
秋诗抒怀悟人生,
秋雁数行飞向南。

秋梦初醒霞光灿,
秋日品茗只等闲,
秋吟诗赋溢书香,
秋泼笔墨山水间。

秋喝老酒心中暖,
秋钓鱼鳖坐小船,
秋会挚友君一桌,
秋谈风月举杯欢。

秋雨淅沥日渐寒,

诗词歌赋作品集

秋月朗明似玉盘,
秋登高处贺重阳,
秋赏红叶在山峦。

秋荷滴露润莲翠,
秋夜乍冷长衣穿,
秋韵爱歌四面起,
秋蝉鸣叫待明年。

2017 年 8 月 27 日作于北京

秦岭啊 你作证

配乐诗朗诵

秦岭啊，你作证！

（女）多少次我们想起了青海湖畔的血色残阳，
　　　多少次我们梦见了秦岭山里的朝霞美景，
（男）多少次我们想起了茫茫高原上的成群牛羊，
　　　多少次我们梦见了密密山林里的松涛月影。

（女）从茫茫的大秦岭到青海湖的西沟，
　　　从巍巍的太白山到古老的宝鸡城，
（男）从蜿蜒的红川到南线的转运站，
　　　从眉县的小法义到神秘的红岭。

（女）到处都留下了我们工作的足迹和汗水，
　　　到处都书写了我们对祖国的无限忠诚，
（男）工程兵肩负着开山放炮筑路架桥的责任，
　　　汽车兵在盘山公路上运输物资日夜不停。

（女）警卫兵站岗放哨确保了军事要地的安全，
　　　通信兵埋杆架线保证了部队的信息通灵，
（男）卫生兵巡回医疗为基层官兵送去了温暖，
　　　技务兵工作特殊承担着国防的神圣使命。
（女）我们用自己的实际行动，

　　　　赢得了首长和老兵的一致好评，
（男）我们再也不是北京城里的娇小姐，
　　　　再也不是皇城根下的少爷兵。

（女）我们在解放军这所大学校里，
　　　　得到了思想境界的显著提升，
（男）我们在解放军这座大熔炉里，
　　　　锻炼成最为坚强勇敢的士兵。

（女）好男儿耐得住深山密林的单调寂寞，
　　　　北京兵扛得起无法诉说的乏味冷清，
（男）因为这是军人的责任，
　　　　因为我们都是革命的螺丝钉。

（女）高原上的风沙冰雪，
　　　　锤炼了我们的钢筋铁骨，
（男）密林里的瘴气和漆毒，
　　　　考验着我们年轻的生命。

（女）我们都有想家时的缕缕乡愁，
　　　　我们也都有对未来的美好憧憬，
（男）我们在大熔炉里淬火提纯，百炼成钢，
　　　　我们在大学校里学习升华，炉火纯青。

（女）我们是大国博弈中重要的筹码，
　　　　我们是军事对垒中绝杀的奇兵，
（男）我们是外交战略的首要支点，
　　　　我们是经济建设的护航保证。

秦岭啊　你作证

（女）我们在夜里和小鸟谈情说爱，
　　　我们在白天和山花海誓山盟，
（男）我们懂得自己肩负的责任有多大，
　　　我们知道自己承担的工作多神圣。

（女）西沟里，我们曾拍打过成群的小咬，
　　　红川里，我们曾扑杀过硕大的牛蠓，
（男）我们的理想在这里升华，
　　　我们的人生在这里永恒。

（女）我们沐浴过泾渭河畔的落日余晖，
　　　我们感受过金银滩上的电闪雷鸣，
（男）我们目睹过太白山上的残月晓风，
　　　我们仰视过青海高原的星空夜顶。
（女）我们无私奉献就是为了震撼世界的东方巨响，
　　　我们辛勤工作就是为了横空出世的蘑菇云腾，
（男）这是富有传奇色彩的光荣经历，
　　　这是充满惊心动魄的绝密历程。

（女）青海啊,你牢记,
（男）秦岭啊,你作证!
（合）我们庄严地守护了国家的利剑，
　　　我们无私地奉献了青春的激情。

（女）青海啊,你牢记,
（男）秦岭啊,你作证!
（合）我们曾经在万紫千红中光荣绽放，
　　　我们应该在青史丰碑上永久留名。

（女）青海啊，你牢记，
（男）秦岭啊，你作证！
（合）我们都是钢铁长城的坚固基石，
　　　我们都会得到世人的钦佩崇敬。

（女）青海啊，你牢记，
（男）秦岭啊，你作证！
（女）我们是金色的凤凰要在升华中涅槃，
（男）我们是伟大的战士要在浴火中永生。

（女）在这充满希望的二十一世纪，
（男）我们要在历史的长河中华丽转身，
（合）在这复兴中华的胜利进军中，
　　　我们要在神州的大地上闪亮出征！

　　　　2016年2月28日作于北京

秦岭啊 你作证

抒情长诗

月光照在筒子河上

月光照在筒子河上，
涟漪在微风中荡漾，
月亮在水面上的倒影一晃一闪，
就像是恋人们跳动的心脏。

一位花甲的老者站在河的岸边，
深情地眺望着天上的月亮，
思绪穿越过漫长的时空隧道，
脑海里浮现出一个姑娘的形象。

故宫的角楼见证过他们的热恋，
古老的城墙偷看过他们的守望，
啊，夜色中的筒子河，
啊，月光下的小矮墙。

这让他想起了当年的悠悠往事，
这让他记起了相爱的甜蜜时光……

那是三十几年前的一个晚上，
天上的月亮啊也是这么圆，
筒子河的水面也是银光闪亮，

那是当年的小伙子出征前的夜晚，
姑娘约他来这里谈谈今后的理想。

难忘的记忆犹如开闸的流水，
把思念的小船从久远驶回筒子河旁……

那位老者沿着河边走啊走，
他站在河边的柳树下想啊想，
就是这一片青砖铺就的甬路，
就是这一堵青石砌的小矮墙。

小伙子的双手在那棵老树上轻抚，
他的双眼在那青石砌的墙上打量，
是这里啊，这棵老态龙钟的柳树，
是这里啊，这堵敦实厚重的矮墙。

当年他靠着树的暗影把姑娘拥抱在怀里，
姑娘贴着他的耳朵轻声地诉说爱的向往，
小伙子忘不了姑娘那迷人魂魄的眼睛，
他也更忘不了和姑娘亲吻时唇的芳香。

小伙子忘不了姑娘那苗条的体形，
他也更忘不了姑娘那漂亮的脸庞，
姑娘的双手是那么的温暖又柔软，
姑娘的双脚是那么的秀气和漂亮。

她的乳房就像是两座又鼓又圆的小峰，
她的嗓音就像是一曲悠扬委婉的莺唱，
小伙子没有错过老天赐给他的好时机，

血气方刚的男人本性鼓足了他的胆量。

他的心里对姑娘产生了怦然而动的念头,
他对心爱的女友倾诉了血脉偾张的衷肠,
姑娘搂着小伙子痴迷地听着甜言和蜜语,
小伙子抱着姑娘尽情地表达爱意和疯狂。

他们青春的气息在亲吻中互相地通融,
他们异性的吸引在拥抱中燃烧到滚烫,
他们在这棵古老的大柳树下山盟海誓,
他们在这条幽静的筒子河边约法三章。

那一晚月亮是特别的圆,
那一晚月亮是特别的亮,
姑娘咬着耳朵说小伙子是个小坏蛋,
小伙子贴着腮边说我要娶你做新娘。

姑娘轻轻地捏了一下小情郎的鼻子,
小伙子心急火燎触到了女友的乳房,
姑娘的脸上泛起了桃花一样的红晕,
小伙子的心里啊荡起了幸福的波浪。

姑娘接受了小伙对她的放肆和无礼,
小伙子感受到了姑娘的包容和礼让,
她依偎着小伙的肩膀说自己很爱他,
小伙子搂着姑娘说自己就要上战场。

姑娘说我的心会时刻陪伴在你左右,
小伙子说我现在的心情真的好紧张,

姑娘说莫非是你嫌我长得不好看，
或者说你是另有所爱不便和我讲。

小伙说上了战场子弹真的不长眼
咱们俩人的恋爱关系还是放一放，
姑娘听了这句话气得是杏眼圆睁，
冲他啪啪就是两个轻柔的小耳光。

姑娘说你是为了保家卫国去当兵，
我就愿意替你照顾好弟妹和爹娘，
我就是要等着你捧着玫瑰来求婚，
我就是要分一半你得来的军功章。

天上的星星们悄悄地闭上了眼睛，
皎洁的月亮钻进了云层把光遮挡，
姑娘说我一定要嫁给你这兵哥哥，
小伙说我若牺牲岂不害你哭断肠。

姑娘说不许你再胡说不吉利的话，
小伙说拖累你我到了黄泉罪难当，
姑娘说我今天啊就想和你拜天地，
月下老人牵红线大柳树来当红娘。

小伙和姑娘紧紧地拥抱如漆似胶，
筒子河的水面荡起了层层的波浪，
姑娘的热情就像一把燃烧的火炬，
小伙用理智挡住了那爱情的热望。

好姑娘用自己的双手解开了衣扣，

秦岭啊 你作证

我就是要把哥哥当作我的小情郎,
小伙子说我不敢保证今后能娶你,
这个问题你可要认真考虑多思量。

姑娘说你若不娶我就给你当妹妹,
我相信缘分造化绝不让你来勉强,
小伙说我真的不知道怎样报答你,
姑娘说我爱的就是你穿上绿军装。

只要能和你真真切切地爱上一次,
我就无怨无悔送你走向幸福远方,
当年的真挚爱情成了美好的回忆,
久远的故事凝聚成了珍贵的宝藏。

我爱你啊,古老雄伟的紫禁城,
我爱你啊,洁白如雪的明月光,
我爱你啊,微波荡漾的筒子河,
我爱你啊,温柔贤惠的好姑娘。

2017 年 8 月 30 日作于北京

（歌词）

北京之恋

背靠雄伟的大燕山，
面向广阔的渤海湾，
三朝古都多辉煌，
北京美名天下传。

各族人民都热爱，
景色秀丽金不换，
北京的恢宏，北京的范，
北京的豪迈，北京的恋。

承载着中央的各机关，
凝聚着国家的部委办，
人杰地灵苍天佑，
物华天宝放光环。

世界闻名故事多，
历史悠久三千年，
北京的风情，北京的范，
北京的贵气，北京的恋。

链接世界的经济圈，

秦岭啊 你作证

掌控和平的话语权，
长城从她身边过，
运河发自白浮泉。

五四运动播火种，
开国阅兵发宣言，
北京的精神，北京的范，
北京的风采，北京的恋。

2018 年 3 月 9 日作于北京

(歌词)

歌唱北京城

看看咱们的北京城,
犹如在仙境,
美丽的好风光,
让人好憧憬。

恢宏大气甲天下,
源远流长享盛名,
历史悠久古迹多,
文化积淀有传承。

古老传说很神奇,
优雅典故妙趣生,
首善之区人人爱,
皇城根下紫气盈。

赞美我们的古幽州,
歌唱我们的新北京。

看看咱们的北京城,
犹如天国行,
醇厚的好风俗,

教人赞不停。

豪爽侠义讲诚信,
复兴路上圆好梦,
天安门上红旗飘,
金水河里碧波莹。

朗朗乾坤贯彩虹,
皓皓日月照北京,
国际都市美惊艳,
流金溢彩赛金星。

赞美我们的新时代,
歌唱我们的大北京。

2018年3月8日作于北京

萤火虫

在那盛夏时夜晚月明星稀的光景，
在田野当中你会看到它们的身影，
它们成群结队地在夜空中飞舞着，
它们兴高采烈地在歌唱虫的生命。

当你把自己融汇在萤火虫的世界，
你还会听到它们窃窃私语的心声，
它们闪烁着黄色的和绿色的荧光，
就像是一群来自天堂的神秘精灵。

它们在夜空里自由自在地嬉闹着，
它们也在努力地追逐自己的好梦，
萤火虫虽然只是一种弱小的昆虫，
但是它也属于自然界这个大家庭。

萤火虫也不乏造物主赋予的神奇，
萤火虫也懂得大自然赏赐的美名，
它们懂得使用萤光来展示着自己，
它们知道使用萤光来获得爱和情。

它们在自己的王国里快乐地生活，
它们为人类创造出梦幻般的意境，

秦岭啊 你作证

千万只萤火虫会产生巨大的震撼,
一团团的萤光会发出迷人的风景。

假如把萤火虫放进纱做的小灯笼,
古人夜读的萤囊就是这样子制成,
可爱的萤火虫给人们带来了欢乐,
珍贵的小宝贝给世界画出了图腾。

萤火虫是大自然衍生的一种生物,
它们也是我们人类的好友和亲朋,
萤火虫虽然不能飞到雄鹰的高度,
但也能够给我们带来美妙的光明。

萤火虫弱小到可以任意地被捕捉,
人们错把这当成了赚钱的好营生,
小小的萤火虫告诉了我一个道理,
地球上的所有生命都要互相平等。

萤火虫教给了我人生的觉悟智慧,
萤火虫带给了我精神的清闲心境,
敬畏自然会得到自然的丰厚回馈,
尊重生命会受到万物的友好相迎。

萤火虫告诉我生命是永恒的宇宙,
大自然告诉我宇宙有无限的生命,
我爱你啊漫天飞舞的光明小使者,
我敬你啊萤光闪烁的快乐小精灵。

2017年9月18日作于北京

诗词歌赋作品集

兰花草

兰花草,兰花草,
花儿鲜艳叶绿茂,
青翠芬芳惹人爱,
四君子中她最俏。

兰花草,兰花草,
象征典雅品位高,
登堂入室屋增色,
凝神静气自逍遥。

兰花草,兰花草,
百花园中梦萦绕,
五彩缤纷乱人眼,
红尘有她分外娇。

兰花草,兰花草,
本是天宫玉皇宝,
仙女抛撒落大地,
从此人间景色好。

兰花草,兰花草,

秦岭啊 你作证

秦岭啊 你作证

达官显贵争炫耀,
文人墨客抒情怀,
诗书丹青赞仙草。

兰花草,兰花草,
世世代代人称妙,
她是花中一神灵,
花开无语香自飘。

兰花草,兰花草,
阳光之下开心笑,
雨露滋润妩媚生,
冬去春来换新貌。

兰花草,兰花草,
不论平民与富豪,
花落谁家都盛开,
乐为众生添情调。

2017 年 11 月 11 日作于北京

诗词歌赋作品集

血奠卢沟桥

卢沟晓月挂苍天,
八十春秋弹指间,
七七事变炮声响,
永定河水映鬼脸。

宛平城里军情急,
龙王庙外杀气寒,
宁为战死鬼牺牲,
不做亡国奴残喘。

炮弹如雨袭古城,
火车道上刀光闪,
二十九军齐奋起,
平津市民勇支前。

父老乡亲做军粮,
姑娘小伙救伤员,
滩头芦苇作见证,
桥上石狮着枪弹。

华北大地狼烟起,
长城内外多沦陷,

秦岭啊 你作证

秦岭啊 你作证

日寇铁蹄踏焦土，
山河破碎愁云卷。

中共通电全中国，
号召成立统一线，
抗日大旗迎风飘，
神州大地烈火燃。

壮士鲜血染征衣，
将军战死赴国难，
中华儿女皆英雄，
奔向沙场众好汉。

佟麟阁死泣鬼神，
赵登禹逝震宇寰，
为国捐躯张自忠，
领兵抗敌宋哲元。

七七事变是国耻，
华夏人人记心间，
走进抗日纪念馆，
英雄塑像在眼前。

耳边犹听喊杀声，
鼻子仍闻是硝烟，
件件文物在诉说，
张张图片都是冤。

弹丸小国欺中华，
此恨不报没脸面，

"东亚病夫"今不在，
雄狮猛醒睁怒眼。

不让先烈血白流，
不许悲剧再重演，
做好富国强军梦，
万众一心永向前。

从今努力要奋发，
自强不息挺腰杆，
今日瞻仰卢沟桥，
中华儿女齐亮剑。

从我做起忍卧薪，
雪耻还须笑尝胆，
永记八年亡国恨，
誓斩贼头祭祖先。

2017年7月6日作于北京

秦岭啊 你作证

军人的荣誉

军人的荣誉从哪里来?
军人的奉献就像大海,
军人的功勋不胜枚举,
军人的地位不可替代,
军人的忠诚无与伦比,
军人的素质洁净纯白。

你在纷飞的战火中冲锋,
你从坚守的阵地上走来,
你身披着满身的硝烟烈火,
你脚踏着遍地的弹坑尸骸。

你从南昌起义的城头出发,
你从秋收暴动的阡陌走来,
你在井冈山的小路上挑粮,
你从黄洋界的哨所上走来。

你在反围剿的战场上拼杀,
你从湘江血战的木桥上走来,
你在遵义会议的辩论中胜出,
你从四渡赤水的迂回中走来。

秦岭啊　你作证

你在大渡河的激流中前进，
你从泸定桥的铁索上走来，
你在夹金山的冰雪中攀登，
你从大草地的泥潭中走来。

你在大会师的号角中欢呼，
你从南泥湾的丰收中走来，
你在平型关的胜利中坚强，
你从百团大战的辉煌走来。

你在焦庄户的地道中歼敌，
你从梅岭山的花丛中走来，
你在白山黑水的密林宿营，
你从琼崖纵队的村寨走来。

你为三大战役的胜利自豪，
你从渡江战役的船上走来，
你在抗美援朝的坑道坚持，
你从两弹一星的基地走来。

你在青藏高原的兵站加油，
你从中越边境的战壕走来，
你在抢险救灾的废墟工作，
你从维和护航的巡逻走来。

你在神舟飞船的舱室遨游，
你从隐形战机的跑道走来，
你用核潜艇的潜望镜瞭望，

秦岭啊　你作证

你从航空母舰的甲板走来。

你在特战部队的操场苦练，
你从装甲战车的炮塔走来，
你在战略支援的电脑斗智，
你从战地救护的现场走来。

你在火箭军的发射车待命，
你从大山深处的坑道走来，
你在苍茫大海的岛礁坚守，
你从戈壁荒原的风沙走来。

走来啊，走来，
你们来自不同的兵种，
你们来自不同的年代，
新战士的军装是那样威武，
老战士的头发都已经苍白。

走来啊，走来，
你们来自不同的民族，
你们来自不同的村寨，
你们肩负着一个共同的义务，
你们开创着一个辉煌的未来。

这就是你们军人的荣誉，
这就是军人荣誉的由来，
你们用汗水苦练杀敌的本领，
你们用鲜血染红战旗的风采。

冰天雪地里有你们巡逻的脚步，
原始森林里有你们放哨的岗台，
大漠戈壁上有你们守望的禁地，
荒礁大海上有你们戍边的情怀。

军人就是战场上那冲锋的战士，
军人就是阵地上那拼杀的气概，
军人就是冒死前进的鲜活生命，
军人就是承受打击的身躯盾牌。

军人的荣誉要与时代脉搏相连，
军人的荣誉绝对不能无人理睬，
军人的荣誉应该受人羡慕保护，
军人的荣誉不许放到边缘地带。

军人的荣誉要与教育提倡同步，
军人的荣誉真要做到实实在在，
军人优先要成为生活中的自觉，
军人优先要成为社会上的常态。

因为军人是伟大祖国的护法金刚，
因为军人是中华民族的钢盔铁铠，
这就是军人应该享有的光辉荣誉，
这就是军人的伟大使命不可替代。

这就是军人应该享有的恒久荣誉，
这就是军人的崇高地位永远不衰，
军人一旦没有了辉煌的荣誉，
国家也就失去了安全的钟摆。

秦岭啊　你作证

社会一旦缺失了崇敬的军人，
民族也就丧失了尊严的主宰，
崇敬军人要成为追求梦想的主要旋律，
崇敬军人要成为完美人生的特大号外。

为此，军人必须享有最高的荣誉，
为此，军人必须得到最好的国爱，
我们要积极提倡向军人致敬，
我们要热烈呼吁对军人关怀。

我们要积极提倡为军人服务，
我们要热烈呼吁为军人搭台，
我们要为军人的荣誉尽情高歌，
我们要为军人的使命放声喝彩。

2018年4月5日清明节作于北京

溪 水

耸立的雪山,
是你的故乡;
嶙峋的怪石,
是你的路障。

岸边的树木向你招手,
绚丽的花朵为你飘香;
你像个欢乐的儿童,
在山谷中游荡。

一路雀跃,
一路歌唱;
山有多高,
水有多长。

跳动着雪一样的浪花,
滋润着古老的河床;
不屈不挠啊,
坚定地流淌。

奔着一个远大的目标,

秦岭啊 你作证

向着浩瀚的海洋；
经过森林，
流过村庄。

绕过城市，
走过边疆；
积少成多，
由短变长。

汇成黄河，
变成长江；
给大地送去了乳汁，
给春天送去了希望。

这就是溪水的伟大啊，
这就是溪水的理想；
我就是溪水啊，
永远向前方！

我就是浪花啊，
要汇聚在欢乐的海洋；
那里是我的归宿啊，
那里是我的梦乡。

我是柔弱的溪水啊，
我有克刚的力量；
千回百转啊，
意志坚强。

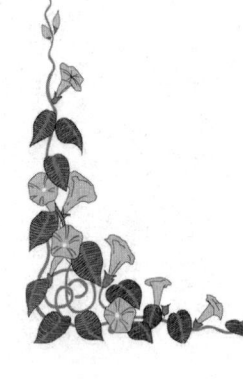

我爱溪水,
我爱希望;
我爱奋进,
我爱辉煌。

溪水就是我的化身,
浪花就是我的臂膀;
我清澈见底啊,
我甘甜凉爽。

我不犹豫啊,
我不彷徨;
永远不放弃,
奔向大海洋!

2017 年 8 月 20 日作于北京

（歌词）

醉 爱

鲜艳的花朵常采摘，
漂亮的姑娘人人爱，
小伙子采了一朵花，
献给了姑娘乐开怀。

莹润的玉石放异彩，
典雅的姑娘人人爱，
小伙子雕了一颗心，
献给了姑娘表真爱。

浪漫的旅游千里外，
贤惠的姑娘人人爱，
小伙子背了一行囊，
拉起了姑娘看大海。

宁静的夜空月徘徊，
温柔的姑娘人人爱，
小伙子摘了一颗星，
做成了戒指姑娘戴。

2017 年 11 月 15 日作于北京

关山月

——为中国共产党成立
　　　　九十周年敬辞

隆飙革朽继涌澜，
重择命运往新苑；
纪有先驱开今古，
念挂烈士来灵前；
中华血书科教里，
共同染衣学征战；
诞辰红日发彩霞，
生举旗帜展雄颜；
九折百回永不屈，
十来世上铸超凡；
周天流转辉映月，
年景芳香煌照轩。

2011年1月作

（注：这是一首藏头诗，每行的第一，第三，第五个字，竖念就成了三句话：1.隆重纪念中共诞生九十周年。2.革命先烈血染红旗百世流芳。3.继往开来科学发展永铸辉煌。）

七　律

春夜偶听小雨有感

云遮明月不见星，
如丝春雨落京城；
开窗吸得风一缕，
心旷神怡思远朋。
今夜清纯润大地，
朱色桃花最含情；
一年之计应在此，
梦醒巧遇又清明。

2002 年 4 月 5 日作于北京

诗词歌赋作品集

沁园春

新春献辞

瑞雪纷飞，
松青竹翠，
红梅正傲。
看祖国大地，
长城巍峨，
黄河蜿蜒，
艳阳高照。
十三亿人，
意气风发，
改革开放传捷报。
春雷响，
寒冰化暖流，
南燕归巢。

胸装理想社会，
看无数英雄仰天笑。
群星齐闪烁，
雪灾无情，
地震如魔，
金融海啸。

秦岭啊 你作证

秦岭啊 你作证

奥运成功,

普天同乐,

科学发展红旗飘。

抬望眼,

杨柳欲萌芽,

春意当闹。

2009年1月作于望京

七 律

登司马台长城

青山绿水卧长龙，
蓝天白云飞鸣鸿。
敌楼箭孔弩痕在，
烽火狼烟今不浓。
残垣断壁古沧桑，
险陡崎岖最从容。
登高远眺心扉开，
司马台上傲群雄。

2008 年 8 月 15 日作

秦岭啊 你作证

登棒槌山

塞外承德有奇山,
形如棒槌向苍天;
慕名而来观秋景,
沾些山庄紫气还。
登高一路汗湿衣,
欲使棒槌洗长衫;
抬头仰视不见顶,
退后十里方看全。

2016年9月作于北京

七言三首

登香炉峰

（一）

秋日闲游走石径，
观山赏红沐清风；
黄栌尽染映南坡，
松柏参天更显青。
信步拾阶向顶攀，
举目遥望见雄鹰；
晴空万里白云飘，
香炉峰上有诗情。

（二）

鬼见愁高立绝凌，
景色怡然自古名；
松涛阵阵催人进，
溪水潺潺伴君行。
前看古稀路旁歇，
后听小童唱歌声；
姑娘树下展身姿，
小伙拍照留倩影。

秦岭啊　你作证

(三)

今登香山最高峰，
神采飞扬心舒静；
忘却尘世诸烦恼，
合掌虔诚向天庭。
人生只需做善事，
梦醒功过必分明；
我欲乘风瞰大地，
扶摇九天揽月星。

2017年秋作于北京

新桂枝香

国庆颂

秋风送凉爽,
五谷丰仓;
神州启航,
莺歌燕舞吉祥。
国富民强,
五星红旗迎风扬;
百花香,
心情豪放。
登高远望,
万千气象;
颂歌齐唱,
龙飞翔。
炎黄增光,
壮志有担当;
屹立东方,
人民生活安康。
初心不忘,
振兴中华铸辉煌;
日月长,
追逐梦想。

秦岭啊 你作证

特色明朗,
同心向党,
奏响华章。

2018 年 9 月作于北京

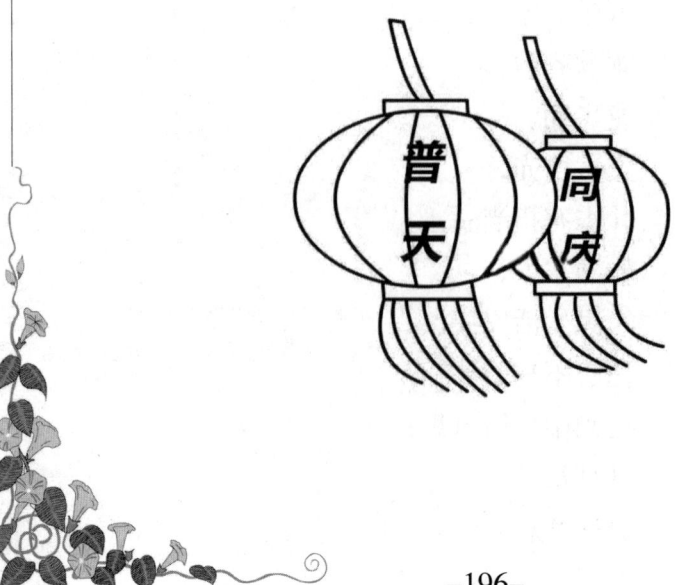

诗词歌赋作品集

望海潮

挽金孔雀

——纪念余旭烈士一周年

军花陨散，
撕心裂胆，
仰望苍穹星灿；
回望红颜，
英姿重现，
驾机飞越蓝天；
挥洒五彩练，
立志把敌歼。
泪雨涟涟，
大地呜咽，
万众肃立悼旭媛；
为国捐躯奉献，
三十春秋短，
芳华无限。
融入宇寰，
不会孤单，
万里山河相伴；
不想君走远，
只盼梦中见；
冬夜绵绵，

秦岭啊 你作证

秦岭啊　你作证

哀思不断，
孔雀遨游在心间。

2017年11月12日作于北京

诗词歌赋作品集

金缕曲

为"嫦娥"奔月而抒怀

"嫦娥"奔明月,
　巨龙腾,
　横空出世,
　笑对蓝天;
　古老神话动心扉,
　留下魂牵梦断。
　多少代,
　拼搏勇登攀。
　中华儿女聪亦勤,
　奠炎黄,
　遨游到广寒。
　举国庆,
　民众欢,
　党旗飘扬路长远。
　十七大,
　高举特色
　明灯高悬;
　建设小康促四化,
　神州大地
　凯歌传。

秦岭啊 你作证

秦岭啊 你作证

看未来，
风光无限。
傲立世界民族林，
铸辉煌，
重任挑在肩；
心如镜，
死无憾。

2007年10月底作于北京

诗词歌赋作品集

美好的生活要明白地过

生活就像一条没有尽头的大河，
波澜壮阔汹涌澎湃唱遍日出没，
我们驾着各自形状各异的小船，
把握着激流中决定航向的船舵。

我们眺望着前方说不准的水面，
充满信心地唱起一首壮美的歌，
放眼看去两岸都是绚丽的风景，
到处都是花草树木炊烟和村落。

广阔无垠的蓝天白云映着太阳，
明媚的阳光普照着人民的生活，
一阵一阵的风吹动船上的白帆，
一群一群的鱼游动河上的碧波。

人生其实就是一场化妆的舞会，
并没有什么真的过不去的蹉跎，
风大了我们就找个港湾避一避，
雨大了我们就找把雨伞遮一遮。

饥渴了我们就找些食物吃一吃，

秦岭啊 你作证

受伤了我们就找些药品裹一裹，
天黑了我们就找个客栈歇一歇，
烦闷了我们就唱个小曲乐一乐。

失败了我们就静下心来想一想，
成功了我们就赋诗一首船头坐，
我们要经常看一看水中的礁石，
切记不要把航行中的船底撞破。

我们要经常望一望远方的灯塔，
千万不可在前进的方向上出错，
月明星稀的时候我们要抛下锚，
渔火闪烁的时候我们要将帆落。

在船舱里温上一壶陈年的老酒，
伴着夜色唱上一曲爱恋的情歌，
迎着朝霞我们撒出美好的期盼，
看着夕阳我们得到快乐的收获。

如果看到了彩虹我们自然高兴，
倘若淋湿了头发我们依然快乐，
我们要时刻保持一颗感恩的心，
我们要时刻拜着一尊慈悲的佛。

一切都是我们命运中写好的谱，
一切都是我们上世里定下的格，
舞台上我们该怎么唱就怎么唱，
现实里我们该怎么活就怎么活。

诗词歌赋作品集

我们来到这个五彩缤纷的世界，
就都是千载难逢的朋友和过客，
能握一握手那就是极深的缘分，
能拥抱一下那就是永恒的承诺。

我们不知道在哪里会遇到风雨，
我们不知道明天会在哪里停泊，
我们要珍惜所有的亲人和朋友，
我们要热爱伟大和强盛的祖国。

好好地品尝苦辣和酸甜的滋味，
细细地领略美好和幸福的探索，
多做一些有益大众的功德善事，
留下一个芳香四溢的美好传说。

人生就是一个日夜的循环往复，
人生就是十字路口的不断选择，
人生就是成功失败的巧逢偶遇，
人生就是修心养性的菩提正果。

在这万船扬帆起航的伟大时代，
我们要紧跟上复兴圆梦的脉搏，
要知道宝贵的生命啊来之不易，
美好幸福的生活啊要明白地过。

2017年11月8日作于北京

秦岭啊 你作证

秦岭啊 你作证

人间百像图

道德高尚是圣人，
文武全才是贤人，
成就大业是伟人，
能掐会算是仙人。

腾云驾雾是神人，
独占鳌头是能人，
身怀绝技是奇人，
车磨铣刨是工人。

耕播管收是农人，
宽宏大量是仁人，
慈悲为怀是善人，
恪守伦理是正人。

坑蒙拐骗是小人，
言出必行是忠人，
口是心非是奸人，
尊老爱幼是好人。

烧杀淫掠是恶人，

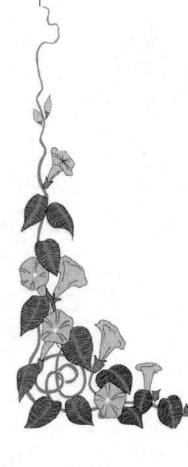

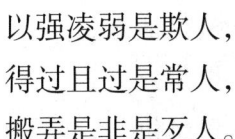

诗词歌赋作品集

以强凌弱是欺人，
得过且过是常人，
搬弄是非是歹人。

祖宗父母是前人，
子子孙孙是后人，
功成名就是名人，
吹拉弹唱是艺人。

雪中送炭是贵人，
出海撒网是渔人，
无人搭理是贱人，
吃喝不愁是富人。

缺吃少穿是穷人，
发号施令是主人，
让人使唤是佣人，
顶门立户是男人。

管家理财是女人，
秀色可餐是美人，
没人待见是丑人，
媳妇别名是内人。

老婆雅称是夫人，
为人父母是大人，
得道成仙是真人，
衣服架子是假人。

秦岭啊　你作证

秦岭啊 你作证

欢蹦乱跳是活人，
埋到土里是死人，
针锋相对是仇人，
你死我活是敌人。

互相帮助是友人，
最少见的是完人，
企人代表是法人，
关进牢房是犯人。

过世前辈是古人，
吾等现在是今人，
晚来生者是后人，
情投意合是爱人。

花前月下是情人，
互有血缘是亲人，
有权有势是官人，
唯利是图是商人。

颠倒黑白是蒙人，
深居密林是山人，
围捕动物是猎人，
不通人性是野人。

蛮不讲理是浑人，
不做暗事是明人，
阳奉阴违是阴人，
啥都不会是拙人。

干啥都行是巧人，
胡吃闷睡是傻人，
不知死活是疯人，
独领风骚是强人。

欺天骂地是庸人，
偷东摸西是贼人，
能工善作是匠人，
保家卫国是军人。

结婚伊始是新人，
分道扬镳是旧人，
一见钟情是恋人，
擦肩而过是路人。

巧言谄媚是佞人，
观山玩水是游人，
彼此相识是熟人，
初次见面是生人。

与众不同是怪人，
蛊惑人心是妖人，
曾经发小是故人，
太监都得是阉人。

华夏之外是洋人，
神州所处是国人，
山寨里面是族人，

秦岭啊 你作证

秦岭啊 你作证

掌管族事是头人。

没有户籍是黑人,
潜伏卧底是线人,
舞文弄墨是文人,
题诗作赋是诗人。

不通文理是粗人,
公堂作证是证人,
手托两家是保人,
水性最好是蛙人。

爬高要数蜘蛛人,
飞上太空航天人,
大海岸边拾贝人,
孤独走来流浪人。

帮忙都是热心人,
人人向善人爱人,
浪子回头重做人,
同来世上当回人。

千万不要枉为人,
地狱里面当罪人,
大家都要尊重人,
因为我们都是人。

2010年3月8日

诗词歌赋作品集

为南京遇难者致哀

举国公祭泪雨飞，
汽笛长鸣哀音回；
当年日魔恶屠城，
血流成河尸千堆。
四十昼夜哭不断，
三十万人冤变鬼；
惨无人道史书载，
怒斥倭寇赖推诿。

国旗半降风弱吹，
烛光晚照心破碎；
参观展览记国耻，
和平祈福看法会。
炎黄儿女齐奋起，
先辈遗志宏图绘；
中华崛起在今朝，
巨龙飞腾放金辉。

石头古城江水围，
紫金山麓花树翠；
燕子矶上听涛声，

秦岭啊 你作证

秦岭啊 你作证

莫愁湖畔琴慢催。
国泰民安逢盛世,
政通人和吉祥随;
复兴大业待梦圆,
誓看贼人阶下跪。

2017 年 12 月 13 日作于北京

诗词歌赋作品集

我们不服老

——谨以此诗歌献给我
　　亲爱的"50后""60后"朋友们

秦岭啊　你作证

我们不服老，
我们很美好，
退休的日子已来临，
我们的心情乐陶陶。

我们不服老，
我们正逍遥，
无忧的日子已来临，
我们的兴趣知多少。

我们不服老，
我们会炫耀，
悠闲的日子已来临，
我们的机遇把手招。

我们不服老，
我们志向高，
潇洒的日子已来临，

秦岭啊 你作证

我们的理想梦萦绕。

我们不服老,
我们开心笑,
欢乐的日子已来临,
我们的激情似火烧。

我们不服老,
我们爱时髦,
五彩的日子已来临,
我们的胸怀想拥抱。

我们不服老,
我们很上道,
风雅的日子已来临,
我们的生活像花苞。

我们不服老,
我们都爱俏,
锦绣的日子已来临,
我们的希望赛春潮。

我们不服老,
我们诗意飘,
芬芳的日子已来临,
我们的魅力金光照。

我们不服老,
我们像树苗,

诗词歌赋作品集

憧憬的日子已来临,
我们的未来很美妙。

我们不服老,
我们来报到,
复兴的日子已来临,
我们的双手把鼓敲。

我们不服老,
我们情未消,
追梦的日子已来临,
我们的两脚走大道。

我们不服老,
我们心态好,
光荣的日子已来临,
我们的故事网上聊。

我们不服老,
我们享温饱,
放松的日子已来临,
我们的手里有社保。

我们不服老,
我们很自豪,
幸福的日子已来临,
我们的生活有依靠。

我们不服老,

秦岭啊 你作证

秦岭啊 你作证

我们很骄傲，
辉煌的日子已来临，
我们的努力有目标。

我们不服老，
我们是珍宝，
甜蜜的日子已来临，
我们的人生吹号角。

我们不服老，
我们锻炼早，
自信的日子已来临，
我们的身体像玉雕。

我们不服老，
我们养生巧，
充实的日子已来临，
我们的生命胜蟠桃。

我们不服老，
我们心态好，
平稳的日子已来临，
我们的前景彩云飘。

2017 年 12 月 10 日作于北京

心之百态

鞠躬尽瘁是忠心，
关爱他人是爱心，
始终如一是恒心，
慈悲为怀是佛心。

扶危济困是善心，
多行不义是恶心，
尊敬老人是孝心，
呵护儿童是慈心。

奉公守法是人心，
舍己为人是公心，
损人利己是私心，
有薄有厚是偏心。

坑蒙拐骗是贼心，
寻花问柳是色心，
过河拆桥最寒心，
帮助陌路是热心。

家财万贯要小心，

秦岭啊 你作证

为人第一是良心，
家庭成员要真心，
对待朋友别假心。

宽厚待人是仁心，
父子之间要实心，
学习钻研要虚心，
拜师学艺要诚心。

生意买卖别黑心，
弱肉强食是狼心，
看望病人要宽心，
表里不一最恶心。

照顾老人要费心，
安排工作要用心，
完成任务要尽心，
宽待别人要松心。

富贵之后别花心，
诚实无欺是童心，
女儿长大萌春心，
不到黄河不死心。

卖儿卖女最狠心，
从头开始有决心，
一丝不苟是细心，
游子回家有归心。

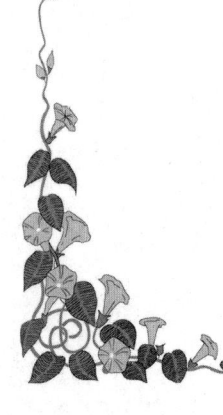

诗词歌赋作品集

勇破难关是雄心，
篡党夺权是野心，
蛙吃鹅肉是痴心，
朋友相交要知心。

世上最怕是有心，
持戒参禅是修心，
侵占别人是贪心，
坚守岗位要安心。

得道多助获民心，
执政为民是党心，
经济建设是中心，
以人为本是核心。

科学发展是靶心，
依法断案要精心，
杀人越货是歹心，
别让领导来分心。

节日过后要收心，
犯下错误最痛心，
面对困难要齐心，
考试之时要专心。

探险旅游是玩心，
郁闷苦恼要散心，
兵家上策是攻心，
保家卫国是军心。

秦岭啊 你作证

秦岭啊 你作证

情人相见是会心,
人生要诀是养心,
表里不一有二心,
莫让父母来操心。

人缘良好最顺心,
朋友之间要关心,
游山玩水寻开心,
真诚所至获芳心。

遇到挫折树信心,
撰文写诗要随心,
善举常做多起心,
教诲他人要耐心。

用人不疑要放心,
用了疑人会担心,
民众难得是向心,
谈事论物要平心。

莫负他人一片心,
千万不要起淫心,
人生要保是身心,
不学竹子净空心。

为人良善要居心,
危难之时要强心,
明知故犯是成心,

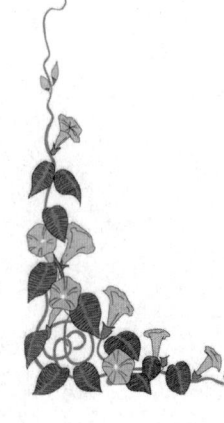

年龄大了要护心。

对待恶人有戒心，
闲来之时常问心，
一见钟情最倾心，
胸有大志要明心。

切记不要起杀心，
十恶不赦是丧心，
最难捉摸是内心，
接人待物莫轻心。

夫妻之间要贴心，
兄弟姐妹要连心，
儿女情长是凡心，
做事莽撞是缺心。

与世无争是清心，
事业成功最动心，
名落孙山最窝心，
为人处事别亏心。

凡事相权要将心，
遇见危难心比心，
欺上瞒下包祸心，
见财起意是迷心。

端庄秀丽最赏心，
恨人不死是亡心，

秦岭啊　你作证

分手最好是回心，
导致分裂是异心。

杀生害命不忍心，
毫不利己是本心，
工作扎实是敬心，
知恩必报要衷心。

万事最怕是伤心，
见异思迁会变心，
赚取钱财别昧心，
夫妻之间别多心。

朋友相处少疑心，
闭门思过要静心，
世事纷争最闹心，
生死一线最揪心。

家庭不和最乱心，
私字一出变魔心，
父慈子孝最称心，
结交朋友要过心。

不知根底别交心，
暗中帮忙是苦心，
疏通思想要谈心，
受人器重最欢心。

被人唾弃最糟心，

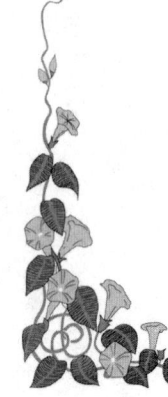

立党为公是重心，
政府与民要连心，
以权谋私要坏心。

私欲太重会熏心，
愿君有颗正红心，
千万别长歪黑心，
万古流芳可贵心。

要成大事得一心，
闲来思过要扪心，
功德圆满须全心，
真假善恶全凭心。

2010年2月22日作于北京

秦岭啊 你作证

诗词歌赋作品集

铸造中国人的辉煌

这是一个魅力四射的国度，
这是一个莺歌燕舞的故乡，
这是一个自强不息的民族，
这是一个充满生机的政党。

这是一片激情澎湃的土地，
这是一处鲜花盛开的家乡，
这里有着勤劳勇敢的人民，
这里有着复兴中华的梦想。

这里有广博的山川和大海，
这里有巨大的智慧和力量，
彩虹在神州的大地上闪烁，
江河在华夏的怀抱里流淌。

朝霞在东方的地平线袒露，
万物在甘霖的滋润下成长，
这里是阳光明媚的艳阳天，
这里是诗意盎然的幸福庄。

我们中华民族经过了古老，

诗词歌赋作品集

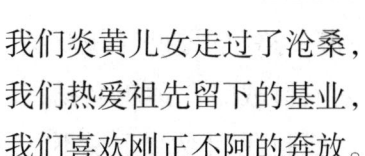

我们炎黄儿女走过了沧桑，
我们热爱祖先留下的基业，
我们喜欢刚正不阿的奔放。

我们追求幸福和谐的生活，
我们坚持天下大同的信仰，
我们履行执政为民的宗旨，
我们热爱富国强军的理想。

我们对世界和平负起责任，
我们为各国人民做好榜样，
我们对生态环境带头保护，
我们对绿色生活勇于担当。

回首往事我们看到了屈辱，
展望未来我们看到了天堂，
我们不能让鸦片战争重演，
我们不能让白银流向列强。

我们不能甘当待宰的鱼肉，
我们不能再做被捕的羔羊，
我们要炼成一副铜牙铁齿，
我们要手握一根降魔宝杖。

我们要坚定地把自己壮大，
我们要执着地把自己做强，
我们扶摇直上飞天摘星月，
我们深潜龙宫入海探宝藏。

秦岭啊 你作证

秦岭啊 你作证

"一带一路"享誉世界获双赢,
亚太投行战略深远美名扬,
面对威胁我们要敢于说不,
面对挑战我们要寸步不让。

汉武大帝征讨匈奴树国威,
成吉思汗铁骑横扫震四方,
被人欺辱那是无能和耻辱,
落后挨打更是无脸见爹娘。

我们要跃马扬鞭奋勇拼搏,
我们要高举旗帜乘风破浪,
感恩繁荣昌盛的伟大祖国,
感恩万紫千红的鸟语花香。

在这承前启后的历史关头,
在这继往开来的转折方向,
我们要永远与祖国同呼吸,
我们要永远与民族齐欢唱。

我们要永不言败再攀高峰,
我们要永不放弃拥抱太阳,
让五彩的梦想现实地表演,
让民族的期望闪亮地开放。

我们的汗水要为崛起挥洒,
我们的热血要为国旗增光,
我们要把一张蓝图绘到底,
我们要把袖子撸起工作忙。

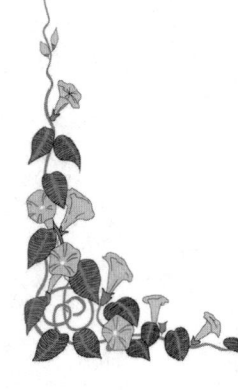

诗词歌赋作品集

我们要为先辈们增光添彩，
我们要为后人们留下荫凉，
我们要为华夏儿女树丰碑，
我们要为炎黄子孙练刀枪。

我们要跃马扬鞭尽情驰骋，
我们要坚持特色初心不忘，
我们要无愧于伟大的时代，
我们要铸造中国人的辉煌。

2017年11月19日作于北京

秦岭啊 你作证

"一带一路"赞

中华锦绣耀蓝天，
神州大地凯歌旋，
炎黄儿女勇担当，
复兴之梦定能圆。

"一带一路"大手笔，
环宇盛开并蒂莲，
政治格局要重组，
国际阵营欲改变。

文明古国五千年，
三皇五帝化山川，
四大发明入史册，
礼仪之邦美名传。

雄居亚洲看世界，
走向全球做奉献，
新朋老友遍天下，
战略合作手相连。

列强围堵露倪端，

诗词歌赋作品集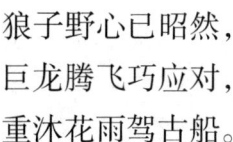

狼子野心已昭然，
巨龙腾飞巧应对，
重沐花雨驾古船。

开辟南海新通道，
拓宽西域破楼兰，
特色旗帜终高举，
不忘初心展笑颜。

2017 年 5 月 8 日作于北京

秦岭啊 你作证

秦岭啊　你作证

走好自己的路

走好自己的路，
选择一条自由的旅途，
走好自己的路，
写好一篇人生的诗赋。

这样的道路最美好，
这样的人生最幸福，
追逐自己的梦想，
实现自己的蓝图。

为自己喝彩，
为自己欢呼，
不要怕寂寞，
不要怕孤独。

走好自己的路，
千万别耽误，
走好自己的路，
好好观赏美丽的景物。

走好自己的路，

努力实现远大的抱负，
这样的生活最神奇，
这样的选择最富足。

唱好自己的赞歌，
建好自己的花圃，
为自己喝彩，
为自己欢呼。

不要怕艰辛，
不要怕吃苦，
走好自己的路，
千万别糊涂。

走好自己的路，
奔向五彩缤纷的天府，
走好自己的路，
点亮自己心中的蜡烛。

这样的人生最潇洒，
这样的人生像读书，
创造自己的未来，
迈开自己的脚步。

为自己喝彩，
为自己欢呼，
不要怕讥讽，
不要怕无助。

秦岭啊 你作证

走好自己的路,
千万别停住,
走好自己的路,
永远不服输。

2017 年 5 月 30 日
农历端午节之夜作于北京

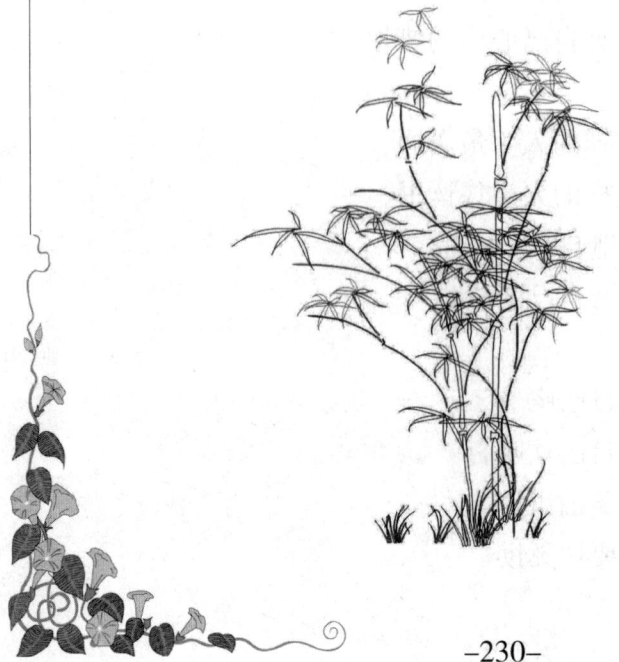

抒情组诗十五首

巴厘岛游记

（一）

巴厘岛上多亮点，
风土人情妙趣传；
人人都要盖家庙，
家庙上头撑把伞。
包裹各种花绸布，
石雕图腾显威严；
哪家若是名望户，
家庙定是金光灿。

（二）

河水湍急波浪翻，
青山屹立在两边；
顺流而下心潮涌，
漩涡飞转胆不寒。
众人划桨齐努力，
避闪礁石奔向前；
敢把漂流比人生，
小心驶得万年船。

（三）

海神庙立大洋边，
保佑渔民船命安；
香烟袅袅忙参拜，
祈祷声声表心言。
层层波浪涌石洞，
只只螃蟹走沙滩；
夕阳晚照景色美，
椰风轻拂客忘返。

（四）

英雄宝塔入云端，
拔地而起四十三；
鲜花盛开迎风摆，
锦鲤漫游池水间。
双双情侣来拍照，
队队儿童把礼献；
先人为我创基业，
我为后人更登攀。

（五）

圣水池边吐清泉，
碧波荡漾聚两潭；
善男信女多恭敬，
洗头合掌诚祈愿。
但求心灵得净化，
除去污秽斩恶缘；
游人如织喜沐浴，
来生定上仞立天。

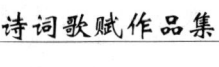

（六）
头顶重物面流汗，
脚步平稳气息喘；
不管登山和下坡，
一路走来吸望眼。
巴厘女人多命苦，
只盼早日运改变；
脱离地狱是梦想，
来世争取女变男。

（七）
发呆亭里真悠闲，
男人窃喜露笑颜；
一夫多妻像皇帝，
吃喝玩乐斗鸡冠。
如今旧历已过时，
陈规陋习要改变；
文明礼仪通世界，
民族差异不同源。

（八）
郁郁葱葱看火山，
舒舒服服泡温泉；
景色秀丽一幅画，
涌流洁净几池暖。
身入水中心安逸，
养神却病欲成仙；
站在谷底四处望，

云雾缭绕虚幻间。

（九）
金银岛旁水中潜，
海底世界不一般；
大小鱼虾追逐戏，
五颜六色光鲜艳。
从前只听龙宫美，
今日才识水族面；
清澈透明能数沙，
喂食被它吻手尖。

（十）
印度洋水碧连天，
蓝梦岛上有奇观；
恶魔流泪如雷吼，
惊涛激起浪如烟。
鬼斧削得石崖利，
神工雕成千古岸；
看过一次恒永记，
不到此处太遗憾。

（十一）
宁静日里岛中安，
全体族人不上班；
停止烟火少开灯，
男女老少戒三餐。
所有机车都休息，
买卖生意切莫谈；

只求心灵得清净，
闭门反思错哪端。

（十二）
印尼开车真新鲜，
交通规则正相反；
车辆全都靠左行，
川流不息少间断。
出行大都骑摩托，
公交很少见车站；
欲过马路要举旗，
左右对开很惊险。

（十三）
巴厘岛人敬祖先，
民风淳朴世人赞；
各自都须信宗教，
早中晚要拜神仙。
为人处世讲敬畏，
建房不得过树尖；
劝君走路要注意，
切莫踩踏祭花盘。

（十四）
烈日炎炎热浪卷，
白云朵朵荡蓝天；
浪漫之旅悠悠忆，
好友寄情脉脉谈。
星光闪闪耀苍穹，

秦岭啊 你作证

灯火处处是港湾；
心情舒畅乐陶陶，
路途遥远诗漫漫。

（十五）
巴厘子夜上云端，
空中一梦到岭南；
离开家国仅七日，
宛如离别春到寒。
他乡风景再壮美，
难比中华紫气炫；
今日惜别众旅友，
祝福大家梦早圆。

2018年4月22日作于北京

诗词歌赋作品集

为崛起的中国喝彩

中国中国把头抬
昂首挺胸看四海
就像巨龙上九霄
一带一路春常在
炎黄儿女齐放歌
为崛起的中国喝彩

中国中国向未来
复兴之路有气概
经济腾飞惊世界
勇攀高峰夺金牌
华夏子孙齐奋进
为强盛的中国喝彩

中国中国真豪迈
前程似锦花盛开
富国强军民欢喜
政通人和抒情怀
龙的传人团结紧
为永恒的中国喝彩

秦岭啊 你作证

2017 年 5 月 10 日作于北京

五言十首

黄昏颂

最美夕阳红,
情深晚霞灿,
岁暮有梅香,
银杏叶黄满。

竹影彩云照,
溪水入河川,
青松永不老,
意境如虹现。

梦飞仙鹤舞,
碧海波涛翻,
酒陈醇愈烈,
雨后天更蓝。

明月挂穹顶,
繁星稀少见,
赋诗抒情怀,
挥笔文数篇。

琴声轻入耳,
茶道品味绵,

诗词歌赋作品集

胸有腾云志，
抬脚踏雄关。

此生耳已顺，
余热莫空散，
风韵今犹在，
典雅耀世间。

制怒莫生气，
懂得事随缘，
修炼得清净，
积德多奉献。

勤俭持家好，
耕读世代传，
珍惜一粒米，
宝贝一分钱。

施舍受困人，
帮助老幼残，
培福荫后世，
长夜得安眠。

一首黄昏颂，
白发又童颜，
心态无限好，
羽化是神仙。

2018年3月21日作于北京

秦岭啊 你作证

秦岭啊　你作证

我的心中亮着一盏烛光

我的心中亮着一盏烛光,
照亮了我的胸膛,
我的心中亮着一盏烛光,
温暖了我的凄凉。

烛光啊,烛光
你陪我在寂寞时读书,
你伴我在痛苦中坚强。

烛光啊,烛光
你鼓舞我在艰难中奋进,
你鞭策我在风浪里续航。

烛光啊,烛光
你是我人生道路上的马达,
你是我探求真理上的翅膀。

烛光啊,烛光
你默默地燃烧啊,
为我指明了前进的方向。

烛光啊,烛光
你虽然是弱小啊,
但却是我心田上的太阳。

烛光啊,烛光
有了你的照耀,
我每天的生活都充满了希望。
有了你的陶冶,
我每天的心情都荡漾着晴朗。

烛光啊,烛光
你有着经天纬地的博大胸怀,
你有着排山倒海的惊天力量。
烛光照耀着我们走向胜利的彼岸,
烛光伴随着我们迎来灿烂的辉煌。

烛光啊,烛光
我要为你讴歌,
我要为你写出赞美的诗章。

烛光啊,烛光
我要把你供奉,
我要把你存进珍贵的典藏。

烛光啊,烛光
燃烧自己照亮了别人,
你永远道德高尚,
你永远是我们学习的好榜样。

秦岭啊　你作证

烛光啊，烛光
你尽管普通平凡，
但却是飘逸着那淡雅的清香。

烛光啊，烛光
你永远不会熄灭，
你永远照耀着我们的心房。

烛光啊，烛光
你永远高风亮节，
你永远放射着神圣的光芒。

2018 年 7 月 18 日作于北京

爱上了山路上的那一抹晚霞

山路弯曲是岁月走出的坑洼，
夕阳浓郁是自然天成的潇洒，
路旁的松树挺拔又苍劲，
流淌的溪水浪漫而优雅。

我爱这崎岖的山间小路，
我爱这古老的传奇神话，
我爱这奔流的潺潺溪水，
我爱这激昂的炎炎盛夏。

山中的花儿们欲闹还羞，
树上的小鸟们嬉笑叽喳，
脸上泛着那明媚的红晕，
脚步迈着那精神的焕发。

人生就像在山路上行走，
经风戏雨又要不断攀爬，
忍受寂寞还需扛住艰辛，
才能看到万里江山如画。

黄昏时太阳向西边飘落，

秦岭啊 你作证

看时钟的秒针不停嘀嗒,
把烦恼事抛在九霄天外,
把圆梦志刻上高耸山崖。

群山叠翠宛如浩瀚大海,
落日如丹仿佛欲洗浪花,
苍茫的暮色涌上了天际,
银白的云彩映成了彩纱。

山路上残留的那抹金光,
为我照亮了一身的闲暇,
这是诗歌里描绘的意境,
这是极乐中陶醉的迸发。

深情挽留那光芒四射的余晖,
爱上了山路上的那一抹晚霞。

2018 年 7 月 15 日作于北京家中

诗词歌赋作品集

梦在朦胧的夜色中绽放

弥漫了朦胧的夜色，
绽放了神奇的梦想，
月亮洒下了水一样的银白，
云彩扇动了纱一样的翅膀，
满天的星斗汇成了奔腾的天河，
高耸的苍穹孕育了无穷的宝藏。

久远了古老的传说，
幻想了鹊桥的模样，
牛郎流下了血一样的情怀，
织女哭诉了泪一样的柔肠，
淅沥的小雨淋湿了葡萄的藤架，
外婆的讲述点燃了童年的神往。

穿越了时空的隧道，
看到了远古的悠长，
宇宙爆炸了火一样的气概，
银河旋转着饼一般的图像，
亿万的恒星发出了无限的光彩，
太阳的家庭诞生了人类的故乡。

秦岭啊 你作证

秦岭啊 你作证

观看了彗星的轨迹,
欣赏了流星的闪亮,
彗星带来了谜一样的奇观,
流星划亮了夜空里的希望,
心中的好奇打开了探索的窗口,
祈盼的花絮编织了爱慕的诗章。

找到了北斗的七星,
确定了银河的流量,
巨勺转动了一年中的四季,
北极恒定了地球上的方向,
电光的速度飞驰了数年的征程,
浩瀚的宇宙承载了星团的荡漾。

发展了文明的人类,
划动了地球的双桨,
星座构成了画一样的图案,
星系积淀着宇宙里的苍茫,
史前的文明留下了无数的谜团,
圣洁的佛国召唤着众生的归航。

探索了星球的起源,
追溯了生命的无常,
科学开启了谜一样的宝库,
知识引领着天文上的膨胀,
满天的星斗诉说着不朽的故事,
亿万的英雄演绎着辉煌的绝唱。

来过了美丽的地球,

拜过了亲爱的爹娘，
我们迈开了神一样的步伐，
我们憧憬着宇宙里的霞光，
挑战的飞船揭示着人类的未来，
智能的电脑推演着亘古的梦想。

2018 年 8 月 3 日作于北京

北斗星辰

雪花飘舞在冬天

雪花,洁白的雪花,
纷纷扬扬,嘻嘻哈哈,
从天而降,地白树挂。

雪花,六角的雪花,
带着梦想,飘飘洒洒,
随风而动,四海为家。

雪花,清凉的雪花,
带着歉意,羞羞答答,
渗入泥土,滋润庄稼。

雪花,晶莹的雪花,
清清爽爽,朴实无华,
品尝几片,去火降压。

雪花,无私的雪花,
沾染自己,空气净化,
松软舒适,任人踩踏。

雪花,淘气的雪花,

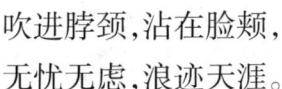

吹进脖颈,沾在脸颊,
无忧无虑,浪迹天涯。

雪花,多情的雪花,
歌中有你,意境典雅,
可思乡愁,可以恋家。

雪花,迷人的雪花,
诗人爱你,丹青入画,
言情抒怀,传为佳话。

2017年12月15日作于北京

渴望中的自由

我渴望着自由,
那是一条奔涌向前的溪流,
我渴望着自由,
那是一种随心畅想的追求。

我渴望着自由,
那是一副充满激情的歌喉,
我渴望着自由,
那是一片阳光明媚的宇宙。

我渴望着自由,
那是一个硕果飘香的金秋,
我渴望着自由,
那是一群真心相伴的朋友。

我渴望着自由,
那是一艘扬帆远航的神舟,
我渴望着自由,
那是一场神圣庄严的奋斗。

我渴望着自由,

那是一次心情舒畅的遨游，
我渴望着自由，
那是一次受人尊敬的握手。

我渴望着自由，
那是一杯多年陈酿的美酒，
我渴望着自由，
那是一幅江山万里的锦绣。

我渴望着自由，
那是一股神清气爽的风流，
我渴望着自由，
那是一派仙风道骨的逗留。

我渴望着自由，
那是一盏照亮无明的灯油，
我渴望着自由，
那是一座道德高尚的琼楼。

我渴望着自由，
那是一国民主正义的淳厚，
我渴望着自由，
那是一处理想社会的范畴。

我渴望着自由，
那是一抹文明博爱的俊秀，
我渴望着自由，
那是一首奉献精神的齐奏。

秦岭啊 你作证

我渴望着自由，
那是一顶银光闪烁的星宿，
我渴望着自由，
那是一缕人生境界的尽头。

我渴望着自由，
那是一腔华夏儿女的乡愁，
我渴望着自由，
那是一只召唤回家的大手。

我渴望着自由，
那是一条荡涤污垢的河流，
我渴望着自由，
那是一棵枝繁叶茂的石榴。

我渴望着自由，
那是一种游戏人生的抖擞，
我渴望着自由，
那是一种幸福美满的成就。

我渴望着自由，
那是一门脱胎换骨的禅修，
我渴望着自由，
那是一种五彩世界的享受。

我渴望着自由，
那是一份实现梦想的薪酬，
我渴望着自由，
那是一溜悠闲时光的沙漏。

我渴望着自由,
那是一次雨过天晴的邂逅,
我渴望着自由,
那是一幕桃花源里的灵秀。

我渴望着自由,
那是一层美好心灵的悠久,
我渴望着自由,
那是一肩英勇担当的承受。

我渴望着自由,
那是一晚花前月下的娇柔,
我渴望着自由,
那是一曲柔肠百转的弹奏。

我渴望着自由,
那是一场雷霆万钧的击缶,
我渴望着自由,
那是一道层峦叠翠的山丘。

我渴望着自由,
那是一片流光溢彩的绿洲,
我渴望着自由,
那是一篇文字激扬的诗讴。

我渴望着自由,
那是一簇鲜花烂漫的成熟,
我渴望着自由,

那是一生勇于担当的依旧。

我渴望着自由,
那是一双清风满灌的衣袖,
我渴望着自由,
那是一头无怨无悔的耕牛。

我渴望着自由,
那是一季硕果飘香的丰收,
我渴望着自由,
那是一场莺歌燕舞的郊游。

我渴望着自由,
那是一片山盟海誓的不朽。

2018年7月6日作于北京

淅沥相思雨不停

淅沥的小雨下个不停,
相思的惆怅乱如云层,
清凉的雨滴滋润着大地,
也滋润着我的心灵。

飘柔的夜风梳理着枝叶,
也轻拂着我的迷蒙,
淅沥的小雨飘飘洒洒,
淅沥的小雨朦朦胧胧。

悠悠的岁月留下了花的芳香,
缕缕的相思凝聚了爱的激情,
我们曾在淅沥的雨中打一把伞,
我们曾在淅沥的雨中挽臂前行。

我们在淅沥的雨中看过绚丽的彩霞,
我们在淅沥的雨中看过金色的蜻蜓,
我们给涟漪赋予过浪漫的色彩,
我们给雨巷留下过邂逅的倩影。

我们在淅沥的雨中享受过神奇的感觉,

秦岭啊　你作证

我们在淅沥的雨中品味着美妙的宁静,
淅沥的小雨啊给了我太多的回忆,
淅沥的小雨啊给了我思念的曾经。

淅沥的小雨下个不停,
我的灵感描绘了梦一般的意境,
淅沥的小雨下个不停,
我的相思喷涌了诗一样的憧憬。

2018 年 7 月 12 日雨夜作于北京

夜读有感

孤灯一盏伴香茶,
诗书一卷读芳华;
银星一河窗外照,
丹心一颗无点瑕。
人生一世多美好,
时光一刻如金价;
悟道一句得解脱,
圆梦一场终回家。

2018年7月14日凌晨
作于北京寒舍

新长相思

鹊桥相会有感(两首)

(一)

苍穹危高,
银河辽阔,
白云飘逸琼楼。
牛郎追月,
织女拂风,
痛对离情别愁。
遥想村头,
忆神奇良缘,
千古温柔。
女织男驭牛,
醉光阴,
谁知分手?
悲怆绝心弦,
百感难书,
临诀几捧泪丢。
声声唤子母,
搂双臂,
王命难求。

挚爱何收，
待来年，
鹊桥情酬。
终不悔，
天荒地老，
传颂不朽春秋。

（二）

水青山峭，
燕舞莺歌，
人间明月如钩。
小伙英杰，
姑娘纯情，
真心相伴厮守。
敢问知否？
看你情我愿，
尽显风流。
女靓男相求，
花香美，
金屋独秀。
欣喜各自欢，
珍贵如珠，
几多玫瑰红酒？
脉脉写诗赋，
凝双眸，
香吻无羞。
思念恒久，
典故传，

秦岭啊 你作证

七夕人瘦。
梦相随,
分外妖娆,
浪漫情怀依旧。

2018 年 8 月 16 日
农历七月初六作于北京

诗词歌赋作品集

战士的情怀

辽阔的天空，
蔚蓝的大海，
挺拔的白杨，
坚强的松柏。

告别了自己的家乡，
开始了军旅生涯的记载，
顶风冒雪不怕苦，
誓为军旗增添光彩。

这就是军人的职责，
这就是战士的情怀。
庄严的界碑，
高耸的塔台。

深深的密林，
江河的澎湃，
穿上了绿色的军衣，
懂得了保家卫国的豪迈。

洒汗流血敢牺牲，

秦岭啊 你作证

秦岭啊 你作证

坚决服从党的安排，
这就是军人的职责，
这就是战士的情怀。

铮铮的铁骨，
克敌的气概，
无限的忠诚，
必胜的风采。

走上了战斗的岗位，
明白了主权意义的所在，
勇破千难和万险，
永远奔向胜利未来。

这就是军人的职责，
这就是战士的情怀。

2017年7月底作于北京

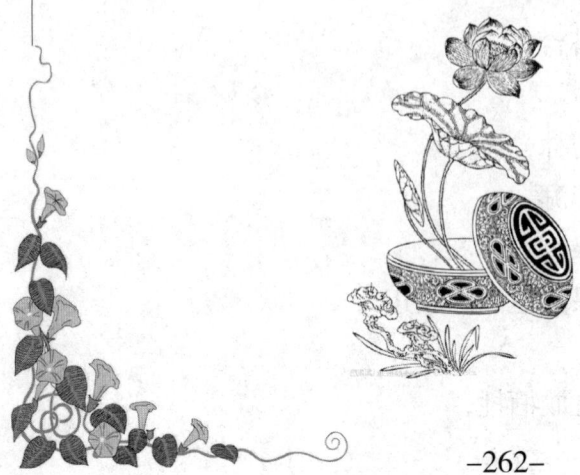

诗词歌赋作品集

我爱生活的每一个片段

我爱浩瀚的大海,
我爱雄伟的高山,
我爱奔腾的江河,
我爱广阔的平原。

我爱银白的云彩,
我爱高远的蓝天,
我爱星座的闪烁,
我爱宇宙的无边。

我爱散文的典雅,
我爱诗歌的浪漫,
我爱茂密的森林,
我爱幽静的花园。

我爱温暖的春风,
我爱筑巢的雨燕,
我爱翠绿的杨柳,
我爱撒网的渔船。

我爱红色的灯笼,
我爱古老的庭院,
我爱清雅的蜡梅,

秦岭啊　你作证

秦岭啊 你作证

我爱鲜艳的幽兰。

我爱绚丽的朝霞,
我爱浓郁的傍晚,
我爱奋斗的忙碌,
我爱成功的坦然。

我爱安静的阅读,
我爱倾心的畅谈,
我爱真挚的理解,
我爱激昂的礼赞。

我爱甜蜜的爱情,
我爱神奇的经典,
我爱潇洒的抒怀,
我爱执着的实干。

我爱不断的探索,
我爱勇敢的登攀,
我爱飘扬的战旗,
我爱胜利的宣言。

我爱泥土的芬芳,
我爱小鸟的呢喃,
我爱光明的未来,
我爱七彩的彼岸。

2018年5月1日下午作于北京寒舍

诗词歌赋作品集

逆转你的人生

只有不断地扬弃，
才有不断的攀升；
只有不断地创新，
才有不断的制胜。

只有不断地学习，
才有不断的发明；
只有不断地修炼，
才有不断的纯净。

只有不断地努力，
才有不断的功名；
只有不断地反思，
才有不断的警醒。

只有不断地付出，
才有不断的回应；
只有不断地探索，
才有不断的前行。

只有不断地交流，

秦岭啊 你作证

秦岭啊 你作证

才有不断的澄清；
只有不断地点赞，
才有不断的掌声。

只有不断地支持，
才有不断的高朋；
只有不断的真心，
才有不断的忠诚。

只有不断地呵护，
才有不断的亲情；
只有不断的大爱，
才有不断的人生。

只有不断地浴火，
才有不断的永恒；
只有不断地涅槃，
才有不断的新生。

只有不断地拼搏，
才有不断的前程；
只有不断地微笑，
才有不断的尊敬。

只有不断地坚强，
才有不断的安宁；
只有不断地担当，
才有不断的和平。

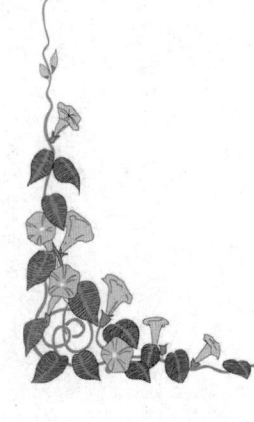

只有不断地播种，
才有不断的硕丰；
只有不断地打磨，
才有不断的晶莹。

只有不断地合作，
才有不断的双赢；
只有不断地励志，
才有不断的圆梦。

2018年6月23日作于北京

难忘入党的那一天

时光如梭,往事如烟,
翻开史册,思绪绵绵,
理不完的回忆啊,
割不断的思念。

最难忘入党的那一天,
那是一九七九年的二月,
改革开放后的第一个春天。

随着拨乱反正的脚步,
乘着振兴中华的航船,
开展真理标准的讨论,
掀起解放思想的狂澜。

在层峦叠翠的秦岭深处,
在人迹罕至的林海之间,
青山巍巍揽白云,
流水潺潺映蓝天。

十几名共和国年轻的士兵,
站在熊熊的炉火旁边,

墙上悬挂着鲜艳的党旗，
一排钢枪整齐地立在下面。

《国际歌》的旋律飘出屋外，
激动的泪水滋润了我的心田。
听着窗外的阵阵松涛，
望着党旗的金色锤镰。

我手捧着入党志愿书，
向党宣读着自己的誓言，
每一个字都是那么神圣啊，
每一句话都是那么的庄严。

把一切交给党啊，
从此我成了一名中共的预备党员，
为了伟大的共产主义事业，
我愿把自己的青春贡献。

红色的帽徽闪耀着光彩，
鲜红的领章映红了笑脸，
国防绿色的军衣绽放着青春的风采，
共产党员的称号闪烁着理想的信念。

从此我就找准了工作的方向，
从此我就把定了前进的舵盘，
时刻牢记我是一名共和国的士兵，
时刻不忘我是一名光荣的共产党员。

风风雨雨,坎坎坷坷,

秦岭啊 你作证

山重水复，星移斗转，
三十六年过去了啊
弹指一挥间。

当年的小伙子
现如今已年过半百，
当年的志愿书
已变成尘封的档案。

经过多少弥漫的风雨啊，
经过多少整党的考验，
记不得有过多少荣誉和收获，
说不清有过多少激动和留恋。
最动心的还是当兵站岗的那时光！
最难忘还是光荣入党的那一天！

2015年9月18日作于北京

歌词

岁寒四友唱中华

主歌：

我是梅花，迎风傲雪唱中华。
五千年的文明史光辉伟大，
开放在这古老的国度里，
彻骨的清香溢满了天涯。

我是兰花，高贵典雅唱中华。
十三亿的中国人永为一家，
生活在这广博的国度里，
血脉的传承结满了奇葩。

我是翠竹，高风亮节唱中华。
六十年的征程路风吹雨打，
生长在这和平的国度里，
坚韧的意志染绿了山崖。

我是菊花，清廉洁白唱中华。
新世纪的艳阳天美丽如画，
绽放在这希望的国度里，
民族的振兴变成了佳话。

秦岭啊 你作证

副歌：

岁寒四友把手拉，
高歌一曲唱中华，
待到神州统一时，
五星红旗遍天下。

与爱同行

爱,是冬天里的温暖阳光,
爱,是春天里的和煦微风,
爱,是夏天里的七色彩虹,
爱,是秋天里的五谷丰登。

人的一生,
除了穿衣、吃饭、上学、工作、努力、出征,
注定了还会与爱接触,
与爱同行。

没有爱的生活,
像干旱的沙漠荒丘,
那不是人的生活,
只不过是动物的本能。

人,需要水一样的清澈,
人,需要火一样的激情,
人,还要花一样的浪漫,
人,还要对理想的憧憬。
这样才能活得更有意义,
这样才能寻到诗一样的意境。

秦岭啊 你作证

爱,并非一定要出双入对,
爱,并非一定要海誓山盟,
形式上的东西最容易老去,
心灵上的牵挂才永远年轻。

千山万水隔不断,
情真意切似水晶,
拉起手来是好友,
雪中送炭是真朋。

我喜欢姑娘们的温柔,
我喜欢小伙子的刚强,
我欣赏姑娘们的美丽,
我欣赏小伙子的豪情。

奋斗的男人,
是美好家庭的支柱,
贤惠的女人,
是幸福男人的保证。

不论遇到多大的困难,
不论患有多重的疾病,
只要有爱,
只要有情,
就会峰回路转,
就会柳暗花明。

爱情的力量,

可以感天动地，
爱情的滋润
可以使人改邪归正。

奉献一份爱心，
可以使冰雪融化，
奉献一份爱心，
可以使恩怨释净。

多担一份责任，
就多一份感恩，
多做一些奉献，
就少一些纷争。

把无疆的大爱化作皎洁的月光吧，
洒向广阔的大地，
把人间的真情当成温暖的春风吧，
吹向人们的心灵。

去追求生活的真谛，
去迎接命运的新生，
让我们携起手来，
高唱一曲《爱的奉献》，
去拥抱灿烂的黎明。

抛弃了恩怨，
结识了宽恕，
心心相印，
走向新的一生。

秦岭啊 你作证

不管是冰雪的寒冷，
不管是地震的轰鸣，
生活，与爱同在，
我们，与爱同行。

2008年5月下旬作于北京

诗词歌赋作品集

她从梦中来

月光闪闪放异彩，
姑娘款款入梦来，
你是我的初恋，
你是我的最爱。

你还是旧时的笑脸，
我还是当年的情怀，
你挥动着手中的纱巾，
我倾诉着心中的告白。

你像一股春风，
吹走了我苦闷中的无奈。
月亮如船乘云来，
姑娘脉脉情似海。

你是我的相思，
我是你的期待，
你还是我温柔的体贴，
我还是你痴迷的风采。

你闪动着眼中的泪花，

秦岭啊 你作证

秦岭啊 你作证

我拥抱着胸中的澎湃,
你是一汪清水,
洗涤了我人生中的尘埃。

2018年1月2日作于北京

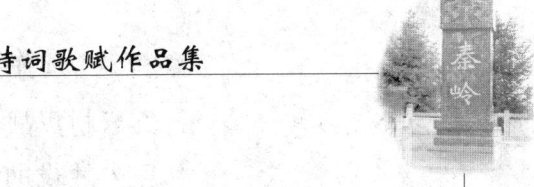

缅怀周总理

星移斗转路蹉跎
四十三载弹指过
伍豪逝去银河暗
华夏儿女泪雨落

清廉自律树典范
鞠躬尽瘁是楷模
中国政坛失良相
架海金梁忽断折

群山巍峨齐肃立
江河呜咽荡哀波
遥想当年在南开
觉悟社里勇探索

赴欧寻求真马列
为救民众离水火
长征路上呕心血
遵义会议荐贤德

高风亮节世人敬

秦岭啊 你作证

红岩村里战群魔
三大战役助伟人
功高至上到开国

两弹一星挂帅旗
万隆会议奏凯歌
中美破冰惊世界
巨手隔洋紧相握

心中常念百姓事
四化宏图定局格
忍辱负重识大体
破解天愁故事多

身后不留一寸骨
英名永存在山河
缅怀总理忆往昔
圆梦与君同声贺

2019年1月7日
作于海南三亚海棠福湾一号

诗词歌赋作品集

贺新春

神犬谢幕金猪到,
旧符辞隐换新桃;
华夏崛起东方亮,
炎黄子孙志气高。
冬去春来万物醒,
冰融雪化绿枝梢;
复兴时代花如海,
圆梦强国歌如潮。

生机盎然气象新,
江山万里分外娇;
国泰民安展宏图,
政通人和吉祥照。
今逢盛世喜气扬,
小康之路霞光耀;
不忘初心跟党走,
牢记使命铁肩挑。

2019年1月31日
作于海南三亚海棠福湾一号

秦岭啊 你作证

秦岭啊 你作证

走向诗意盎然的远方

我有一个理想,
我有一个担当,
读着生活的小诗,
迎着初升的太阳,
背上简单的行李,
走向辉煌的远方,
春风吹拂着脸庞,
细雨淋湿了土壤,
离开这个浮躁的世界,
去追寻在云中漫步的月亮,
到神奇的童话里去观光游览,
向鲜花和小鸟倾诉对自由的渴望。

穿越时空的漫长隧道,
看那银河在夜空中闪亮发光,
我仿佛看到了未来世界的文明,
我宛如找到了生命航程的方向。

有诗的地方莺歌燕舞,
有诗的地方就是天堂,
有诗的生活五彩缤纷,
有诗的远方春风荡漾,

有诗的民族勤劳勇敢，
有诗的国度繁荣富强。

一句名诗可以让人无穷地回味，
一句名诗可以给人巨大的力量，
一句名诗可以让人大义凛然，
一句名诗可以让人豪情万丈，
一句名诗可以催人泪如雨下，
一句名诗可以使人寸断柔肠。

诗是黑暗中的熊熊火炬，
诗是勇士们的意志高昂，
诗是远行路上的手杖，
诗是伤感时候的悲怆，
诗是美梦放飞的翅膀，
诗是人类智慧的结晶，
诗是历史文化的宝藏，
没有诗的地方是荒芜的原野，
有诗的地方则是可爱的家乡。

我要在诗的陪伴下回归故里，
我要在诗的韵律中赏花品香，
我要写出心中对生活的依恋，
我要飞向梦中对未来的向往，
也许我写不出千古流传的绝唱，
却能让我走进诗意盎然的远方。

2019年2月28日
作于海棠福湾一号

秦岭啊　你作证

海棠湾晨曲

清晨的第一缕曙光，
照亮了我沉睡的心房，
阵阵叽喳的鸟语飘进了纱窗，
朵朵盛开的鲜花沁出了芳香。

我推开了梦的拥抱起床，
我停下了虚幻仙境的欢唱，
在满天的朝霞中眺望远方，
在碧绿的树林里呼吸负氧。

姑娘怀有风情万种的柔肠，
小伙撑起船帆勇敢的启航，
浅蓝色的海湾碧波荡漾，
成群的海鸥在展翅飞翔。

这里有火红的朝阳，
这里有远大的理想，
姑娘唱着渔歌的悠扬，
小伙撒开收获的渔网。

这里是地球母亲的犒赏，

诗词歌赋作品集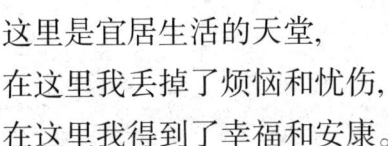

这里是宜居生活的天堂,
在这里我丢掉了烦恼和忧伤,
在这里我得到了幸福和安康。

面向大海我们豪情万丈,
遥望群山我们心花怒放,
海棠湾的清晨给我留下了无限美好的印象,
海棠湾的清晨让我敞开了五彩缤纷的遐想。

2019 年 2 月 22 日
作于海棠福湾一号

秦岭啊 你作证

海棠湾之夜

这是一个美丽传奇的港湾,
这是一个月明星稀的夜晚,
海边上没有了白天的喧闹,
海浪一层接一层地涌上了沙滩。

它们的脚步奏响了悠扬的小夜曲,
仿佛要对海中的鱼儿轻轻地催眠,
夜风欢快的吹拂着各种各样的树木,
椰树,海棠,翠竹,芭蕉在风中不断地交谈。

朦胧的夜色让海湾笼罩着一层神秘的色彩,
皎洁的月光洒满了美丽幽静的海棠福湾,
海的对面是一片高楼林立的城市,
在夜色下闪烁着五彩缤纷的光斑。

海棠湾的夜像一位羞涩的少女,
含蓄中流露着热烈的柔情和期盼,
海棠湾的夜更像一首自由奔放的诗,
涌动的波浪吟诵着爱的誓言。

如果说海南岛是一顶皇冠,

那么海棠湾就是皇冠上的一颗翠钻,
海棠湾的夜色弥漫着一种引人入胜的神奇,
海棠湾的夜风更散发着一种葡萄酒的浪漫。

在这里你可以充分地奇思妙想,
在这里你可以尽情地追求爱恋,
在这里你可以大胆地尽显童真,
在这里你可以放心地抒发情感。

这里有博大的胸怀,
这里有温柔的夜晚,
这里有蔚蓝的大海,
这里有肥沃的田园。

这里有高奥的苍穹,
这里有鸟儿的呢喃,
这里有伟大的憧憬,
这里有故事的流传。

这里有勤劳的人们,
这里有坚定的信念,
这里有智慧的绽放,
这里有担当的铁肩。

这里有富饶的土地,
这里有文化的积淀,
这里有磅礴的力量,
这里有宏图的实现。
这里有火热的激情,

秦岭啊 你作证

这里有壮丽的诗篇。

啊——
美丽的海棠湾,
你是旅游的圣地,
你是时代的典范,
你是未来的缩影,
你是飘香的幽兰。

我相信,
在不久的将来,
海棠湾一定会变成一颗光辉耀眼的明珠,
在这波涛万顷的南海之滨发出绚丽的璀璨。

我爱你,
常绿常青的海棠湾,
我爱你,
充满生机和活力的海棠湾。

2019年1月13日(腊月初八)
作于海南三亚海棠福湾一号

诗词歌赋作品集

夜游随笔

一处海棠湾，
几首诗歌赋；
美景赞不尽，
海天入画图。

椰林有风涛，
月光照幽途；
灯红伴人行，
酒绿醉梦熟。

　　2019 年 2 月 20 日晚
　　作于海棠福湾一号

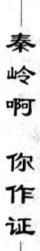

秦岭啊 你作证

月下小咏

沙滩上留下了零乱的脚印，
小路上踩碎了斑驳的树影；
星空上穿越了浩瀚的神奇，
海湾上听懂了轰鸣的涛声。

2019 年 2 月 19 日（元宵节）
作于海棠福湾一号

诗词歌赋作品集

元宵赋

正月十五闹元宵,
玉盘高悬当空照;
椰风阵阵花枝乱,
白云朵朵荡春潮。
邀得身影来相聚,
诗情画意逐浪高;
美酒一杯暖胸怀,
婵娟伴我上九霄。

银星闪烁泛奇光,
苍穹浩瀚天路遥;
广寒宫里嫦娥舞,
玉兔捣药杵自敲。
桂花陈酿香醇厚,
洒向人间醉翁摇;
几多浪漫传仙界,
心驰神往爱梦娇。

沙滩信步月下走,
闲庭暗赏花枝俏;
条条甬道通幽处,

串串红灯喜气豪。
东南西北都是客,
男女老少缘分招;
明月今日照我行,
我行明月普天照。

蛙鸣清脆池边叫,
渔舟夜泊靠栈桥;
海映皓色成佳境,
碧浪翻涌起波涛。
举头望月悟灵感,
此间美景真绝妙;
谢我天公赋一首,
南国小镇唱歌谣。

2019年2月12日
作于海棠福湾一号

铁血军魂天地间

——写在纪念对越自卫还击作战
四十周年的难忘日子里

红旗,军号,硝烟,
战壕,枪炮,呐喊。
公元一九七九年二月十七日的清晨,
中国被迫在广西云南边境地区,
打响了对越自卫还击的作战。
昔日的同志加兄弟,
变成了不共戴天的敌顽;
敌人把罪恶的炮弹打到了我方一侧的村庄和山寨,
越寇把华侨残暴地赶过了友谊关;
我们伟大的中国受到了疯狂的侵略,
我们勤劳善良的中华民族受到了刁难。

满腔的怒火在战士们的心中燃烧,
英雄儿女的歌声回荡在部队的营盘;
帐篷里指战员们给家人写下了遗书,
防炮洞里战士们握紧了拼杀的枪杆;
伪装网下干部和战士在促膝谈心,
弹药箱上还摆着象棋对弈的棋盘;
一张张请战书交到了上级首长的手里,

一支支装满子弹的钢枪拉开了锃亮的枪栓。
誓师大会在激昂的口号声中召开,
千军万马在盘山公路上开赴前线;
将士们向伟大的祖国表示了必胜的决心,
女战士们把一碗一碗的壮行酒端到了勇士们的胸前;
老将军把自己的儿子派到了突击队里,
妻子把心爱的丈夫送上了战斗前沿;
老母亲含着眼泪为出征的儿女祈祷,
夫妻双双上战场的军人把孩子托付给了幼儿园。

美丽的山茶花开出了火一样的花朵,
幽香的老山兰散发着离别前的依恋;
在这祖国需要的时刻,
在这民族危难的面前;
他们从五湖四海来到了边境,
他们从各大军区来到了前线;
他们大都是十八九岁的年龄,
他们大都是刚刚结束了新兵连的训练;
几个月前他们都还是普通的学生,
早春二月里红领章和红帽徽显得格外鲜艳。

百万雄师兵临边界整装出发,
万炮齐鸣摧枯拉朽敌人丧胆;
成队的坦克像滚滚的铁流碾碎了敌人的路障,
穿插部队像一把把钢刀插进了敌人的心肝;
支前的军工紧随其后背着给养和弹药,
担架队的民工冒着炮火运送伤员;
步话机里紧急的呼叫传达着作战的命令,
战地医院的帐篷里正在做着一台又一台的手术缝连;

指挥部里的老将军凝视着墙上的军用地图在沉思，
文工团的演员冒着枪弹的危险做着战地的宣传；
通信兵把电话线拉到了前线火热的战壕里，
卫生员身背着小药箱在阵地上往返救援；
战士们用火箭筒摧毁敌人固守的碉堡，
战士们用火焰喷射器烧得敌人四下逃窜。

然而敌人也是拼命地抵抗，
并不像是不经打击的熊包软蛋；
敌人的地雷和陷阱伤害了我们许多的战士，
敌人的投毒和竹签也让我们举步维艰；
要知道敌人是打了几十年仗的军队，
而我们则是多少年都很少经过战争的考验；
我们遇到的是一个经验丰富的对手，
我们自己则是一群刚会打枪的新兵蛋蛋；
我们所有的武器装备敌人都有，
我们掌握的战略战术敌人早就会干；
敌我双方的指挥官曾经是军校的同学，
敌人吃的大米都是中国的特产；
还击的战火在一天天地燃烧，
我们已经横扫了越南重镇谅山；
中国政府宣布自3月5日起撤军，
有理有利有节地控制了战争的局面。

这场战争我们狠狠地教训了不听话的学生，
这场战争我们深刻地总结了教训和经验；
仅仅一个麻栗坡陵园就安葬了几万烈士，
仅仅一个月的局部战争就使我军数万将士致残；
用掉了多少急救药包，

秦岭啊 你作证

吃掉了多少压缩饼干；
有多少战士与女友分了手，
有多少干部怀里揣着未还的账单；
多少战士牺牲后几十年默默无闻，
老妈老爸抚碑痛哭令人心寒；
十八九岁正是风华正茂的时期，
可是穿上了军装就意味着下火海上刀山。

四十年过去了，
谁还记得他们的容颜？
边境的界碑上是那样的平静，
谁曾想过猫耳洞里的艰险？
光着身子战斗早已成为了过去，
看一眼女兵就是战士奢侈的心愿。
有多少战士死前都没有摸过一下姑娘的手，
有多少女兵为了牺牲的战友把拥抱贡献。
上了战场就是生离死别，
拿起刀枪就要勇往直前；
炽热的弹片在战士们头顶上呼啸，
旋转的弹头在战士们身旁乱穿；
地雷场上战士们用身体滚开了一条条通道，
遭遇了敌人，战士壮烈地拉响了怀里的光荣弹。

在那难以忘怀的岁月，
在那激情燃烧的烽火边关；
祖国的英雄儿女们筑造了一座座闪光的丰碑，
祖国的钢铁卫士们谱写了一首首壮丽的诗篇；
再见吧，妈妈，唱出了出征将士的情怀，
共和国的旗帜上有战士们鲜血的浸染。

诗词歌赋作品集

四十年的日出日落，
四十年的星移斗转；
如今的祖国南疆是莺歌燕舞的和平景象，
早已没有了横飞的血肉和锋利的弹片；
那些数以万计英雄战士的伟大灵魂，
早已升上了九霄云外广阔无垠的苍天；
他们的名字虽然刻在了墓碑之上，
却被后人们无情地抛弃在了野地荒原……

巍巍的山脉是千万烈士的化身，
滚滚的江河是千万战士的思恋；
为国捐躯的烈士们永垂不朽！
为国负伤的英雄们万古流传！
你们是中华民族的好儿女！
你们是炎黄始祖的英雄汉！
虽然你们的履历表上仅仅是一个战士，
但是你们的名字却是像银星一样璀璨；
自卫还击作战铸造了改革开放的军魂，
给了侵犯我国的越寇一记沉重的铁拳；
隆隆的炮火打出了令人振奋的显赫军威，
频传的捷报变成了中国军队的辉煌名片。

为了祖国和人民，
你们无怨无悔；
为了祖国和人民，
你们意志如磐；
为了祖国和人民，
你们视死如归；

秦岭啊　你作证

-297-

秦岭啊 你作证

为了祖国和人民,
你们甘愿把青春奉献;
为了祖国和人民,
你们人人都奋不顾身;
为了祖国和人民,
你们个个都忠心赤胆;
为了祖国和人民,
你们牺牲我一个,换来万家全;
为了祖国和人民,
你们热血洒遍疆场,笑看红旗漫卷。

让我们为烈士斟满一杯美酒,
让我们为烈士点上一支香烟;
让我们为烈士写出一首赞歌,
让我们为烈士献上一个花环。

红日,白云,蓝天,
高山,哨所,旗杆;
当年还击血花溅,
数万英雄地下眠;
今题小诗诉衷情,
铁血军魂天地间。

2019 年 1 月 29 日
作于海南三亚海棠福湾一号

诗词歌赋作品集

戍边谣

秦岭啊 你作证

秦岭巍峨碑石旧，
边关钩月寄乡愁；
云海如潮漫山顶，
松涛起处溪水流。
蓝天不圆鹰展翅，
家书来往路悠悠；
绿色军衣赤子心，
青春报国似锦绣。

五六步枪手中握，
业务学习争优秀；
身居帐篷看世界，
脚踏山路想全球。
生活枯燥与世隔，
报纸过期时间久；
一心只知责任重，
为党为国献春秋。

蘑菇香椿黑木耳，
宝成西凤金丝猴；
文化娱乐看电影，

秦岭啊 你作证

一次能放多半宿。
毒蛇经常满地爬，
小河清澈大鲵游；
风景秀丽堪称美，
保守机密舍自由。

镇国之宝称大器，
握在手中气冲斗；
世界格局大改变，
中国地位上高楼。
虽在深山不知处，
恐吓就此全罢休；
甘当一名守库兵，
威慑列强壮志酬。

2019年2月24日晨
作于海南三亚海棠福湾一号

为她们献上赞美的诗

——写在三八妇女节的喜庆日子里

她们是鲜花,
把世界装扮成了绚丽的花园。
她们是母亲,
为人类哺育了儿女千百亿万。
她们是天使,
为世界开出了幸福的源泉。
她们是女儿,
为父母送来了关爱的温暖。
她们勤俭持家,
她们任劳任怨。
她们吃苦耐劳,
她们无私奉献。
她们像男人一样,
工作在各个岗位。
她们像战士一样,
战斗在各条战线。
医院里有她们忙碌的身影,
学校里有她们园丁的血汗。
战场上有她们勇敢的救护,
飞机上有她们温柔的笑脸。
她们就像清澈的碧水,

滋润着广阔的大地和高山。
她们就像温暖的春风,
把幸福和快乐送到人们的心间。
她们的出现,
会让黑夜里亮起光芒四射的明灯。
她们的出现,
会让寂寞的生活泛起幸福的波澜。
她们的出现,
会让痛苦的感觉烟消云散。
她们的出现,
会让失望和无助变成实现。
我要为她们放歌,
我要为她们礼赞。
就在这春风洋溢的三月里,
就在这"三八妇女节"的今天,
我爱你们啊,
你们是人类历史上最伟大的女性!
我爱你们啊,
你们是男人们远航归来时的港湾!
你们的拥抱,
会让勇士们力量倍增,
你们的热吻,
会让亲人们飘飘欲仙。
你们是英雄的贤内助,
你们是男人的好侣伴。
没有了你们,
世界将是一片荒芜。
没有了你们,
地球将是一片黑暗。
我没有诗人的激情,

我没有诗人的浪漫。
我描绘不出你们多么美丽,
我抒发不了对你们的爱恋。
如果说男人是那坚挺的脊梁,
那么女人就是那血脉的相连。
愿天下的女人们健康快乐,
愿天下的巾帼们永葆红颜。
我爱你们的美丽,
我爱你们的承担。
我爱你们的温柔,
我爱你们的委婉。
搜净了我心中的词汇,
写平了我手中的笔尖。
还是觉得意犹未尽,
还是觉得平平淡淡。
请原谅我这个笨拙的作者吧,
我实在是描绘不出东方美的内涵。
讴歌你们绝对不是一件小事,
赞美你们实在不是那么简单。
我爱你们啊,
就像绿叶围绕着万紫千红的鲜花。
我爱你们啊,
宛如白云飘浮在广阔无垠的蓝天。
我没有多少财富来为人类的另一半画出最美的妆,
我却只能用一支普通的笔来为她们写出赞美的诗篇。

2019年3月4日
作于海南三亚海棠福湾一号

再见了 海棠湾

再见了,魂牵梦绕的海棠湾!
再见了,令人难忘的海棠湾!
这里留下了我的七十余个美梦,
这里写出了我的十几首爱的诗篇。

这里的山美,
这里的水蓝;
这里的云白,
这里的天暖;
这里的树绿,
这里的花鲜;
这里的风清,
这里的路远;
这里是人间的天堂,
这里是幸福的乐园。

住在这里可以修心养性,
住在这里可以益寿延年;
阳台上,一张藤椅,一杯清茶,
椰树下,几个老友,一路笑谈。

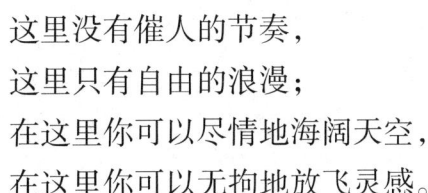

这里没有催人的节奏,
这里只有自由的浪漫;
在这里你可以尽情地海阔天空,
在这里你可以无拘地放飞灵感。

海棠湾是我人生轨迹上的坐标,
海棠湾是我人生道路上的驿站。

这里是我的又一个故乡,
这里是我的又一个思念;
仿佛是好友离别的情景,
宛如是一去不回的心酸。

这块绿色的土地啊,
承载了我七十余天的生活;
这块厚实的土地啊,
记下了我七十余天的依恋;
我爱你啊,海棠湾!
再见了,海棠湾!

2019 年 3 月 8 日
作于海南三亚海棠福湾一号

随意写来的诗

心中激荡着对经典的萦绕,
眼里看透了对人生的喧嚣,
走过了千山和万水的风雨,
饱尝了咸酸和苦辣的味道,
梦想的辉煌在远方泛着光,
脚下的道路都是曲折凸凹,
思考着对未来命运的憧憬,
品味着对功名利禄的推敲。

站在浩瀚的海边放飞梦想,
坐在半山的凉亭静听松涛,
沿着清澈的溪水观赏美景,
数着天上的繁星此闪彼耀,
万丈长虹架起了拱桥七彩,
千里冰封孕育了梅的骄傲,
雄鹰展开摘星揽月的翅膀,
蛟龙游动四海翻腾的波涛。

平凡的生活充满各种兴趣,
雪中送炭体现了爱的崇高,
广阔的蓝天是鲲鹏的家乡,

苍茫的大海是航船的依靠，
辽阔的草原是骏马的疆场，
雄伟的高山是攀登的目标，
飘逸的散文写了真情实感，
激昂的诗歌赞了豪迈心跳。

敬畏的理念善待自然世界，
天人的合一凝聚博爱之桥，
明亮的月光辉映夜行路人，
温暖的春风拂绿江山妖娆，
实力的强弱决定你的地位，
影响的大小制约你的风貌，
南飞的鸿雁不忘北方的家，
惊蛰的春雷震绿杨柳枝条。

游子的行踪走过秋冬春夏，
异国和他乡吟唱故地歌谣，
饱经了风霜沧桑写在脸上，
受过了磨难泪水把心浸泡，
人间的温情赞颂美的童话，
正义的理念开出和平花苞，
理念的规矩保护生态环境，
科学的推广丰富文明瑰宝。

勤俭的传统承载幸福久远，
耕读的美德吹响中华号角，
冲淡了岁月的艰辛与磨难，
抚平了创伤的痛苦和煎熬，
播种下收获的希望和汗水，

秋天里迎来了飘香的欢笑，
我们的心里充满美的向往，
我们的嘴里默念妙的祈祷。

空中的云彩不知哪块有雨，
明天的晨风几吹实在难料，
前方的路口全凭自己选择，
缘分的聚散只有上帝知道，
人生的时光实在无法挽留，
花开的日子短暂犹如读秒，
亲爱的朋友珍惜当下生活，
驾鹤的当口与君挥手轻摇。

2018 年 9 月 26 日作于北京

顽石的新生

假如我是一块顽石,
终生藏在深山老林,
就永远都一文不值。
假如经过千刀万凿,
我会忍受世间极痛,
但却换来了光彩精致。
每一次的抬脚,
都会登上一个新的台阶。
每一次的掉皮,
都会闪烁一个璀璨故事。
打磨后的顽石,
就是一尊神圣的佛像。
拼搏过的人们,
必是一群英雄的标志。
顽石到处都有,
佛像却是万山难寻之。
要想人生辉煌,
就做匠心独具的顽石。

2018年12月8日作于北京

秦岭啊 你作证

抒情长诗

寻找生活的激情

翻开历史的画卷，
　　　领略祖先的风情，
我的心啊，
　　像奔驰的骏马，
　　　　像飞翔的雄鹰。

哪里有生活啊，
　　哪里有激情，
　　　　哪里有不朽啊，
　　　　　　哪里有永恒。

屋里有明亮的台灯，
　　天上有晶莹的星星。
夜色深沉，
　　苍穹宁静。
我站在窗前，
　　仔细地思考，
　　　　认真地权衡。

什么是生活啊？
　　什么是激情？

–310–

我问天空,
　　　我问神灵,
　　　　　我问大地,
　　　　　　　我问春风。
我在探索,
　　　我在论证,
　　　　　我在追求,
　　　　　　　我在聆听。

哪里有人生的真谛啊,
　　　哪里有人生的佳境?

金钱、美女,
　　　可以使人沉醉。
名誉、地位,
　　　可以使人拼争。
百年之后,
　　　都是过眼烟云,
　　　　　不见踪影。

没有志向的人,
　　　远体验不到
　　　　　什么是豪情万丈,
　　　　　　　什么是热血沸腾。

不论你是高官大吏,
　　　不论你是平头百姓;
　　　　　都有自己的位置,
　　　　　　　都有不同的个性;

秦岭啊　你作证

　　都有自己的事业，
　　　　都有各自的憧憬。

　　高山有耸立的威严，
　　　　江河有湍急的奔腾；
　　小伙子有的是阳刚之气，
　　　　姑娘们充满了似水柔情。

　　古树参天，
　　　　向人们诉说着
　　　　　　历史的沧桑；
　　小草嫩绿，
　　　　向人们倾诉着
　　　　　　春天的新生。

　　燕子在屋檐下筑巢，
　　　　蜜蜂在花丛中飞行；
　　腊梅在寒冬里绽放，
　　　　翠竹在冰雪中垂青。
　　世间的万物啊，
　　　　都有运行的轨迹，
　　　　　　都有生存的过程。
　　谁能生得五彩缤纷，
　　　　谁能活得青史留名？

　　纵观中外，
　　　　博览古今。
　　　　　　英雄处处有，
　　　　　　　　豪杰赛繁星。

瞬间的壮举，
　　　能够改写历史。
　　　　　悠长的平庸，
　　　　　　　一百年等于零。

激情在哪里啊，
　　　哪里有激情？
我渴望着
　　　富有诗情的黄昏。
我期盼着
　　　满含画意的黎明。

浓烈的美酒，
　　　给勇士们增胆。
香甜的深吻，
　　　为出征者壮行。

夜幕下看到了远处的灯火，
　　　大海里看到了岸边的塔灯。
　　　　　山顶上看到了飘渺的白云，
　　　　　　　村口旁看到了母亲的身影。

戈壁滩上的哨所，
　　　川藏线上的工兵。
　　　　　麻栗坡下的花环，
　　　　　　　三峡大坝的建成。

上甘岭上的鏖战，
　　　戈壁滩上的寒风。

秦岭啊 你作证

曾母暗沙的孤独，
　　　　两弹一星的元英。
这些都是中华民族的基因，
　　这些都是炎黄子孙的传承。
　　　　这些都是热血铸就的辉煌，
　　　　　　这些都是华夏儿女的本能。

在这充满希望的二十一世纪，
　　我们意气风发在奋进的路上脚步齐整。
在这豪情满怀的复兴新时代，
　　我们斗志昂扬在圆梦的岗位亮剑争锋。

我们坚信镰刀锤头的排山之力，
　　我们坚信五星红旗的倒海巨能。
我们的血脉里注进了特色中国的元素，
　　我们的心海里飞翔着振兴中华的鲲鹏。

这就是我们寻找的魄力啊，
　　这就是我们生活的意境！
　　　　这就是我们寻找的热望啊，
　　　　　　这就是我们生活的激情！

2018 年 12 月 18 日作于北京

藏头诗

五四运动世纪赋

隆隆炮火震九州，
重重迷雾使人愁；
纪录一九一九年，
念书学生上街头。
五月虽逢春花开，
四面哀叹国耻羞；
运起北京沙滩路，
动为屈辱难复仇。
爆裂胸膛为民主，
发奋图强科学求；
一心只想争国权，
百般愤怒烧赵楼。
周围工农齐拒签，
年轻热血朝天吼。

中国此时正多磨，
华人地位不入流；
崛石屹立苍海边，
起来大众靠谁救？
民心四亿五千万，
族人向背载覆舟；

秦岭啊 你作证

复议共和与真理，
兴衰与否寻自由。
众意同声反条约，
志向齐杀外贼首；
成则饮酒败伤血，
城破悲剧记心头。
再续五四新青年，
铸造当代突击手；
辉映历史勇担当，
煌耀神州万古留。

2019年4月30日作于北京

为中国鼓掌　为中国歌唱

——写在中华人民共和国
　　成立七十周年的喜庆日子里

公元一九四九年的神州大地，
奇迹般地绽放出了红色的霞光，
九百六十万平方公里的山河原野，
宛如鲜花盛开展现了勃勃的新生气象。

屈辱的中华民族挺直了弯曲的身板，
眼睛里充满着对民主和自由的深切期望，
一群民族的伟人登上了神圣的天安门城楼，
无数的红旗在广场上汇成了欢乐的海洋。

敬爱的毛泽东主席向全世界庄严地宣告：
"中华人民共和国成立了"声音犹如春雷激荡，
这是历史上一个划分新旧时代的伟大日子，
中国这艘红色的巨轮从此开始了史无前例的远航。

从"三反""五反"到对手工业的社会主义改造，
从"抗美援朝"到"两弹一星"的闪亮登场，
从"三面红旗"到"三年自然灾害"的磨难，
从"十年文革"到"拨乱反正和改革开放"，

秦岭啊 你作证

七十年的风雨兼程,雷鸣电闪,
七十载的春夏秋冬,山高水长,
七十次的星移斗转,沧海桑田,
七十轮的日月同辉,惊涛骇浪。

光荣伟大的新中国就像一把火炬熊熊燃烧,
照亮了亚洲的广博大陆,
繁荣昌盛的新中国宛如一个巨人昂首挺立,
环视着地球的七洲四洋。

任凭帝修反的恶意攻击和围困封锁,
任凭反华势力的造谣诬蔑和无耻诽谤,
古老的华夏大地坚如磐石巍然不动,
伟大的炎黄儿女宁折不弯固若金汤。

雄伟的万里长城筑就了中国的龙脉,
奔腾的黄河长江流淌着中国的吉祥,
昆仑山脉的雪水滋润着广博的国土,
四海碧水的波涛孕育着无穷的宝藏。

三十四个省市自治区在五星红旗下紧密团结,
五十六个中华民族在璀璨国徽下神采飞扬,
南疆的成群野象在原始森林里悠闲漫步,
北国的成行鸿雁在万里蓝天上展翅飞翔。

孔子学院遍及世界向各国传输着中国文化,
一带一路通往全球为人类命运共同体构建殿堂,
高铁列车不断提速为世界开创了中国速度,
北斗导航逐步完善向太空放飞了中国梦想。

火箭新军的横空出世极大地提高了中国的地位，
航空母舰的下水列装有力地强化了中国的脊梁，
神舟飞船把中国人送上了银星闪烁的浩瀚太空，
蛟龙潜艇把中国人带到了数千米深的未知水乡。

我们骄傲地登上了世界屋脊的珠穆朗玛峰，
我们勇敢地建成了南极洲里的考察站几幢，
我们灵巧地研制了银河牌每秒一亿次的计算机，
我们聪明地打造了称为"天眼"的望远镜之王。

我们在体育竞赛中夺取过成千上万的各种奖牌，
我们在人类基因染色体的研究中取得了重要荣光，
我们在青藏高原上修建了海拔最高的高铁天路，
我们在港珠澳地区架设了连接三地的跨海桥梁，
我们在朝鲜战场上打败了头号强国美帝国主义，
我们在青藏高原上消灭了越我边界的粗野邻邦，
我们在珍宝岛上击退了占我领土的苏联军队，
我们在西沙群岛打跑了侵我领海的越南野心狼。

我们曾秘密地支援过老挝人民反抗侵略的斗争，
我们曾无私地援助过高棉人民的西哈努克亲王，
我们曾真诚地赞助过欧洲的那盏社会主义明灯，
我们曾在广西云南还击了对我挑衅的明刀暗枪。

我们战胜了每年夏季各大江河的洪涝灾害，
我们战胜了邢台、唐山、汶川、玉树地震的悲伤，
我们战胜了二零零三年恐怖的"非典"疫情，
我们战胜了一九六二年自然灾害的无情扫荡。

秦岭啊　你作证

一九九七年七月一日我们成功地收复了香港主权，
一九九九年十二月二十日我们又在澳门国歌奏响，
"一国两制"的国策正在期盼台湾回到祖国怀抱，
有朝一日我们会把钓鱼岛变成中国船停泊的海港。

历经七十年的建设中国已经成为世界第二经济体，
历经七十年的发展中国的综合国力得到广泛赞扬，
历经七十年的磨练中国已不再是昔日的东亚病夫，
历经七十年的拼搏中国已把贫穷落后抛进太平洋。

"实践是检验真理的唯一标准"，
像一声春雷炸开了多少年冰封的冻土，
党的十一届三中全会隆重召开，
重新校准了中国社会主义航船的方向。

总设计师的"南巡讲话"，
犹如春风化雨催生了拨乱反正、改革开放的春天，
四个经济特区的创新建立，
向全世界敞开了中国拥抱美好未来的有力臂膀。

雄伟的三峡大坝向世人展示了中国人的惊人魄力，
先进的宝山钢铁厂为中国的建设生产了高品特钢，
三北的防护林为中国挡住了来自西伯利亚的寒风，
光荣的大庆油田为中国开采了成千上万吨的能量。

毛泽东思想是中国社会主义革命建设的理论基石，
邓小平理论是中国解放思想改革开放的舵盘船桨，
三个代表的重要思想继承和发展了中国道路顺延，

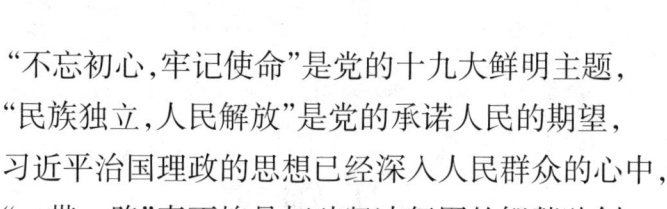

科学发展观的理论阐述了中国特色社会主义之纲。

"不忘初心,牢记使命"是党的十九大鲜明主题,
"民族独立,人民解放"是党的承诺人民的期望,
习近平治国理政的思想已经深入人民群众的心中,
"一带一路"真不愧是打破坚冰氛围的智慧独创。

勤劳勇敢的十三亿中国人民将团结一心众志成城,
先锋模范的八千万共产党员将激流勇进奋发图强,
我们在光明灿烂的二十一世纪闪亮登场大步出征,
我们在世界的东方永远屹立百折不挠并永铸辉煌。

祝我们伟大的中华人民共和国欣欣向荣蒸蒸日上,
祝我们勤劳的中华五十六民族繁荣昌盛气宇轩昂,
衷心祈祷日益强大的炎黄子孙政通人和国富民强,
衷心祈祷光明灿烂的华夏大地万古长青永奏华章。

让我们端起金质的酒樽为生机盎然的中国干杯!
让我们放开洪亮的歌喉为活力绵长的中国歌唱!
让我们挥动齐天的巨笔为勤劳勇敢的中国立传!
让我们昂起尊贵的头颅为聪明智慧的中国鼓掌!

2019 年 4 月 10 日作于北京

秦岭啊 你作证

藏头诗

国庆颂

热血染红赤县天,
烈火铸造南湖船。
庆幸马列播真理,
祝福神州举锤镰。
中流砥柱指航程,
华夏从此火燎原。
人杰凝聚轰天力,
民众奋起跨雄关。
共济同舟凌云志,
和力齐心破楼兰。
国运昌盛赞古稀,
成就大业天下安。
立下殊功民族胜,
七星北斗极光闪。
十面欢腾花如海,
年庆大典万代传。

永记初心不畏难,
远望使命挑在肩。
坚守情操品位高,
持续奋斗谋发展。

特将热血绘蓝图,
色调鲜明红旗展。
社稷民生天大事,
会当九鼎遂民愿。
主攻四化国强盛,
义无反顾定坤乾。
道远千山和万水,
路遥跃马更加鞭。
复刻秦唐繁荣世,
兴邦屹立彩云间。
圆融十地国安泰,
梦早实现慰祖先。

2019年4月16日作于北京

秦岭啊 你作证

红川恋歌

红川啊,红川
你是大秦岭里的一条山川。
虽然过去了四十周年,
你依然时时地浮现在我的眼前。

红川啊,红川
你是地图上找不到的山川。
虽然过去了四十周年,
你依然时时地铭记在我的心间。

红川啊,红川
你是我心里最难忘的山川。
虽然过去了四十周年,
你依然时时地牵动起我的思恋。

红川的水啊,
红川的山,
红川的景色最好看。
红川的云啊,
红川的天,

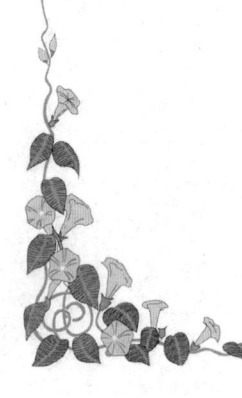

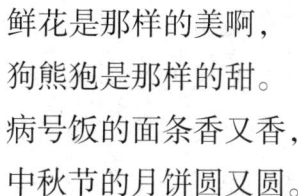

红川的夜空最璀璨。

鲜花是那样的美啊,
狗熊狍是那样的甜。
病号饭的面条香又香,
中秋节的月饼圆又圆。

娃娃鱼在水中慢慢游啊,
松鼠在树上跑得特别欢。
天上的明月洒下了一片银光,
岗亭里有战士警惕的双眼。

白天看到的是绿色的军衣,
黑夜里看到的是萤火虫亮闪。
白天听到的是阵阵松涛,
黑夜听到的是溪水潺潺。
白天的红川飘浮着银色的云海,
黑夜的红川坚守着战备的值班。

这里有镇国的利器,
这里有使命的庄严。
这里有民族的大爱,
这里有铁血的硬汉。
这里有信仰的崇高,
这里有精神的承传。
这里有意志的坚定,
这里有正义的火焰。

秦岭啊 你作证

红色的五星代表着责任，
红色的领章象征着铁肩。
这里没有城市的灯红酒绿，
这里只有帐篷的潮湿风寒。
这里没有公园的轻歌曼舞，
这里只有操场的军事训练。
这里没有年轻貌美的姑娘，
这里只有眺望远方的思念。
这里是与世隔绝的军事禁区，
这里是严格保密的世外桃园。

写封家信要经过领导的审查，
照张相片要到县城的照像馆。
这里的一切都是国家的命根，
这里的一切都是绝密的档案。
山上的羊肠小路有战士的身影，
河边的那片田地是部队的菜篮。
这里没有豪情万丈的革命口号，
这里只有任党安排的革命一砖。

我们是镇国大器的忠实卫兵，
我们是国家命运的最后防线。
我们的工作要忍受心理的极大恐惧，
我们的岗位要保证国宝的绝对安全。
这是国家的需要，
我们必须视死如归。
这是人民的需要，
我们必须勇往直前。

这是子孙的需要,
我们必须义无反顾。
这是政治的需要,
我们必须无悔无怨。

这就是英雄辈出的红川,
这就是光荣伟大的红川;
这就是千古不朽的红川,
这就是无私奉献的红川。

我要为你放歌啊,红川!
我要为你抒怀啊,红川!

红川,你为中华民族建造了最强的堡垒;
红川,你为神州大地撑起了守护的巨伞。
红川汇集了全国各地的革命战士,
红川召唤了各个时代的热血青年。
红川有老将军的沉稳脚步,
红川有老红军的薪火相传。
红川从一九六八年开始建设,
红川渗透了前辈英烈的血汗。
红川充斥着那种可怕的辐射,
红川到处是那种恶毒的污染。

这里的每一块石头都见证过艰辛,
这里的每一棵树木都记录过苦难。

红川是一首革命的史诗,

秦岭啊　你作证

红川是一篇忠诚的宣言。
红川是一片尘封的辉煌,
红川是一朵盛开的幽兰。
红川是一组英雄的塑像,
红川是一把藏锋的宝剑。
红川是一座真正的革命大熔炉,
红川能使人得到脱胎换骨的锻炼。
红川是一座真正的革命大学校,
红川能使人得到理想升华的改变。

让我们为伟大的红川放歌,
让我们为神圣的红川点赞。
让我们把红川载入史册,
让我们把红川树为典范。

红川是永远的旗帜,
红川是恒久的尖端。
红川是定海的神针,
红川是国家脉动的心弦。

我爱你,红川!
我爱你啊,红川!
红——川——

2019年4月8日作于北京

无题的春天

风吹杨柳雨打窗，
忽忧天冷露变霜；
花草翠嫩须呵护，
梅兰竹菊满庭芳。
今朝恰逢国安泰，
众志成城铸辉煌；
复兴圆梦高展翅，
华夏崛起傲蓝洋。

打开心灵那扇窗，
拥抱夜空明月光；
人生谁无烦恼事，
哪个遇险不迷茫。
敢冒风雪砥砺行，
笑对山河万里长；
诗书一卷口中吟，
清茶香味润柔肠。

参天大树撑栋梁，
意志坚忍力如钢；
壮怀激烈抒豪情，

秦岭啊 你作证

指点江山气宇昂。
胸怀四海凌云志，
脚踏五洲散花香；
赋首小诗谢君朋，
无题才弱自恐惶。

春风化雨天舒朗，
艳阳高照鸟飞翔；
青山绿水风光好，
莺歌燕舞现吉祥。
敬业爱岗多奉献，
发奋图强写华章；
胸中常亮一盏灯，
碧波涛里破浪航。

夜色葱笼风悠扬，
苍穹一顶繁星亮；
万家灯火入梦境，
天上人间闪虹光。
太平一刻值千金，
幸福不忘共产党；
先烈遗志记心中，
长征旗帜永飘扬。

2019 年 5 月 12 日 作于北京皇城根下

诗词歌赋作品集

秦岭啊 你作证

北京放歌

潭柘古寺涌甘泉
通州宝塔入云端
登高北望八达岭
永定河水绕城南

卢沟晓月存古韵
宛平城上旧时弹
铁蹄急踏日寇来
守桥壮士睁血眼

枪炮轰鸣杀声急
七七事变动心弦
中共通电全中国
男女老少齐抗战

狮桥依旧话沧桑
如水晓月照青山
时光洗得丝如雪
难忘屈辱夏日寒

恭王府里第一福
排队抚摸人不断
三轮载客胡同游
银锭桥上望西山

南锣鼓巷人气旺
玉河桥下碧水潺
阜城门内西三条
鲁迅故居在里边

笔锋犀利伐腐恶
文化旗手真呐喊
中轴线长故事多
龙脉承载国运绵

明十三陵是宝地
过世帝后地宫眠
神路两旁有石雕
文官武将立肃然

要想洗澡泡温泉
就到昌平小汤山
水中含有矿物质
实是益寿又延年

大小八景赞北京
各有千秋后承前
物华天宝福深厚
人杰地灵笑开颜

诗词歌赋作品集

崇文宣武成往昔
东西两城富贵全
要看足球去工体
皇帝亲耕先农坛

鸟巢举办奥运会
水立方里泳花溅
三里屯是酒吧街
世界杯时不夜天

十大建筑仍健在
屹立京城韵不减
中央机关国务院
各大部委排成串

云集天下众精英
两会之时把政参
大会堂前迎国宾
礼炮轰鸣乐震天

北京就是中国心
掌管航向把舵盘
戒台寺里松奇特
卧佛寺里如来眠

玉泉山水供皇宫
大钟寺里声洪远
西山巍峨护京城

秦岭啊 你作证

名胜古迹说不完

平西抗日根据地
跳崖勇士六好汉
焦庄户的地道好
打得鬼子心胆寒

冀东革命根据地
打不败的鱼子山
创建兵工军械所
专配地雷手榴弹

抗日名将吉鸿昌
炮局里面笑饮弹
临刑作得就义诗
大义凛然受人赞

佟麟阁与赵登禹
浴血奋战肩并肩
张自忠路今犹在
二十九军宋哲元

中华第一长安街
金水桥畔白玉栏
坐南朝北天安门
石狮左右显威严

华表双龙盘玉柱
国旗飘舞在旗杆

西侧人民大会堂
东面国家博物馆

纪念碑高很庄重
主席端坐堂中间
水晶棺中看领袖
好似伟人刚入眠

满江红诗豪情在
笔走龙蛇气盖天
华夏儿女有担当
复兴之梦定能圆

圆明园有大水法
昆明湖映万寿山
联军强盗纵恶火
举世名苑烧三天

永远不忘雪国耻
爱国主义要宣传
天安门前看升旗
实为北京一大观

国歌奏响在云霄
激情涌动在心间
内九外七皇城四
三头六臂踏火环

如今只剩一传说

秦岭啊 你作证

老城早已寻不见
沙滩路上有红楼
五四运动火燎原

内惩国贼要民主
外拒条约争国权
天地日月坛有四
四合院里紫罗兰

说话儿音日渐少
南腔北调很普遍
北新桥头故事远
古井地下是海眼

苍龙作恶犯天条
罚来守护锁铁链
玉皇降旨显天威
桥名不改刑不满

"文革"忽叫革命桥
险让龙出名又还
雍和宫里立巨佛
白云观里打金钱

国子监是文化街
孔庙旁边是贡院
晨钟暮鼓来报时
钟在北来鼓在南

明朝建城刘伯温
郭守敬来治水患
潭柘寺有帝王树
和尚多得数不完

大锅熬粥甲天下
满山野草套铜钱
幽州建成三千载
五朝古都上千年

居庸高耸锁寒风
京杭运河白浮泉
什刹海里唱小曲
荷花丛里摇渡船，

烟袋斜街店铺多
火神庙里香弥漫
庆丰包子美味鲜
习主席来把餐点

琼岛春荫伴仿膳
皇家气派自不凡
要把鲁菜都尝遍
请君就上丰泽园

景山北海风光好
帝王爱住颐和园
筒子河畔赏明月
紫禁城里坐金殿

秦岭啊 你作证

遥想当年周口店
考古界里大发现
山洞里面出头骨
石器工具在眼前

聪明智慧能用火
渔耕狩猎数万年
闻名世界北京人
我辈祖上是古猿

石经山靠云居寺
五座高台小西天
山有九个藏经洞
更有舍利供觊见

巨商大贾炫富贵
王府侯门车马喧
青砖灰瓦葡萄架
空竹风车艳阳天

街头巷尾蝈蝈叫
弹球拽包糊屁帘
出兵剿贼安定走
班师回朝德胜还

春看寒梅冬踏雪
秋瞧红叶夏赏莲
双清别墅在香山

主席信笔写诗篇

谈笑风声谋大略
百万雄师下江南
一九四九天巨变
五星红旗迎风展

排排士兵受检阅
队队铁马战犹酣
军歌嘹亮振国威
步伐整齐跨雄关

开国大典入史册
天安门前锣鼓喧
昔日两条交民巷
从此不再享特权

许多外国留学生
各大学府随处见
中山公园五色土
文化宫里拜祖先

中南海里发号令
全国各地捷报传
地铁成网走四方
高速公路通八面

立交桥如天上星
万家灯火在人间

秦岭啊 你作证

流光溢彩是霓虹
灯红酒绿去饭店

卡拉ＯＫ练歌喉
健身房里出身汗
大北窑旁起高楼
宏伟建筑上高端

车流滚滚不见尾
人潮处处起波澜
聚得能量千万钧
引领华夏上九天

建成国际大都市
世界舞台舞蹁跹
雁栖湖里开峰会
世园博会花正鲜

正阳门下紫燕飞
铛铛车来复又还
大栅栏邻鲜鱼口
同仁堂里卖药丸

吉祥剧院唱京戏
内联升鞋最好穿
马聚源帽质最好
瑞蚨祥卖好绸缎

东四西单古楼前

庙会有名是厂甸
琉璃厂街淘旧货
荣宝斋里字画全

全聚德吃大烤鸭
东来顺里把肉涮
六必居的酱菜好
豆汁酸柔配焦圈

张一元和吴裕泰
京城茶界并蒂莲
张小泉和王麻子
专门经营刀和剪

当年老莫吃西餐
京城请客是首选
天文馆里看星月
动物园里人爆满

野三坡有百草畔
慕名而来看花鲜
百里峡长风光好
猴子成群天一线

妙峰山上供碧霞
十渡景区天下传
最古崖居在延庆
最奇山村底下爨

秦岭啊 你作证

金海湖水绿又清
龙庆峡赛小江南
密云水库鱼肥美
怀柔油栗香又甜

平谷大桃甲天下
顺义樱桃是特产
通州定位副中心
大兴机场已建完

门头沟区出煤炭
昌平草莓最新鲜
海淀区是大学城
清华北大双星灿

中关村里电脑多
设计软件最领先
百花山是最高峰
石景山出景泰蓝

丰台区爱种芍药
朝阳区吃扒猪脸
东城来碗馄饨侯
西城买支戴月轩

名人故居如星罗
各有奇闻和美谈
文天祥祠英烈气
含冤欲哭袁崇焕

诗词歌赋作品集

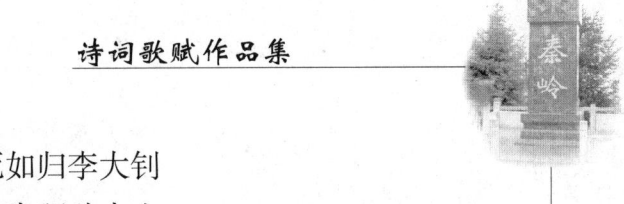

视死如归李大钊
革命先驱孙中山
曹雪芹居西山下
红楼一梦是经典

辉煌古都鹤飞旋
多少情怀天地间
英雄豪杰洒热血
才子佳人情意绵

百姓居住四合院
老北京人礼最全
恢宏大气讲规矩
正直豪爽是首善

北京精神要发扬
首都姿态是典范
京城自古是福地
紫气缭绕住神仙

放歌北京赞盛世
祝愿古城永平安
今书一首赞美诗
天子脚下德惠全

2019年5月20日作于北京皇城根下

秦岭啊 你作证

秦岭啊 你作证

北京站的钟声

这是一个朝霞满天的早晨，
北京站的上空荡漾着钟声的回响；
东方红的乐曲声声入耳，
让路上的行人停步仰望。

多么熟悉的旋律，
多么真挚的想往；
东方红，太阳升，
中国出了个毛泽东。

钟声使人振奋，
乐曲使人联想；
钟声催人奋进，
乐曲使人向上。

南来北往的人们在这里聚散，
奔向充满未知的热土和远方；
钟声里有浓郁的乡愁，
乐曲里有生话的希望。

钟声诉说着古老北京的的历史沧桑，

乐曲传诵着美好未来的多彩辉煌；
钟声传遍了大地，传遍了天空，
乐曲响彻在脑海，响彻在心房。
钟声充满了满满的生机和活力，
乐曲充满了缕缕的梦幻和遐想。

北京站的钟声啊，
让这里的人们时时都有坚定的信念；
东方红的乐曲啊，
让这里的人们时时都有巨大的力量。

北京站的钟声啊，
给人一种回家的温暖；
东方红的乐曲啊，
给人一种万丈的霞光。

成功的人在这里整装待发，
失利的人在这里重登沙场；
听吧，北京站的钟声多么雄伟，
听吧，东方红的乐曲多么嘹亮！

2019年5月22日作于北京皇城根下

抒情长诗

深深的思念

日月如梭,光阴似箭,
　　春夏秋冬,星移斗转
　　　　地球围着太阳
　　　　　　绕了二十二个圆圈
八千多个日日夜夜
　　是多么漫长
　　　　又多么久远
　　　　　　仿佛是遥遥无期
　　　　　　　　又好像是在弹指之间……
多少往事浮现在脑海里
　　情思万缕又把我们
　　　　带回中学时代
　　　　　　带回了四连一班
你我同学整整五年
　　你在我的心中留下了
　　　　抹不掉的记忆
　　　　　　难以忘怀的情感……
从七六年初春我们离别
　　到九八年深秋我们见面
　　　　整整二十二年
　　　　　　彼此之间杳无音讯

　　　　联系中断……
这二十二年
　　我的心中经常
　　　　把你想起
　　　　　　把你思念……
多少心里话
　　本应在毕业时倾诉
　　　　现在说来
　　　　　　已经显得太晚、太晚……
离别时的握手
　　只能是美好的憧憬
　　　　在我想来
　　　　　　这已成定局
　　　　　　　　绝对不可能实现
尘封了二十二个春秋
　　美好的回忆
　　　　进入了深深的冬眠……
　　　　　　握一握手是多么普通的礼节
　　　　　　　　说一声珍重是多么常见
　　　　　　多么平凡
我多想让自己悔过
　　多想找回失去的一九七六年
　　　　虽然我也知道
　　　　　　这是一种痴心
　　　　　　　　是一种天真的梦幻
但是任凭自己
　　怎样克制也无济于事
　　　　有时候在梦里见到你
　　　　　　第二天便会觉得

心旷神怡

飘飘欲仙……

每当这个时候

我都会在心中怨恨自己

为什么在离京之前

没有和你说说心里话

道一声珍重

说一声再见

再轻轻地握一握手

再仔细地看你一眼

这都是隔在我们

男女生之间的界限

十八九岁

正是人生的黄金时代

十八九岁

正是春潮汹涌

波翻浪卷……

说真的

我真的好后悔

也真的好遗憾……

我们分手的二十二年

我就像是一叶孤舟

在茫茫的大海上漂泊

更像是一片落叶

在天空中飘荡

不知落在田野

不知落在山间……

每当月明星稀的时候

我都会情不自禁地

想起你来
　　　回味着你的话语
　　　　　思索着你的容颜……
翻开当年的日记
　　　经常看到深夜一两点
　　　　　件件往事
　　　　　　　又浮现在眼前……
五年的中学生活
　　　不算太长
　　　　　也不算太短……
你有一副苗条的身材
　　　你有一双闪亮的杏眼
　　　　　你有善解人意的美德
　　　　　　　你有正直向上的心田
我从羡慕你的字体开始
　　　渐渐地变成了对你的喜欢
　　　　　从偷偷地喜欢
　　　　　　　渐渐地变成了暗恋你的波澜……
上高中以后
　　　我越来越感到
　　　　　你在我心中的位置
　　　　　　是那样的神奇、美妙
　　　　　　　不可替代
　　　　　　　　不可转换
　　　　　　　　　真感到一日不见如过三年
看到你,我会精神振奋
　　　反之,我便会觉得心情暗淡
　　　　　这二十二年的光阴
　　　　　　　就像过了几千几万年

秦岭啊 你作证

多么漫长、多么久远
　　我的心仿佛
　　　　被压上了一座沉重的大山……
我记得
　　当西去的列车
　　　缓缓开动的时候
　　　　我还附在窗口
　　　　向外眺望
　　　　　　寻找——
真希望能在站台上
　　看到你的倩影
　　　当然更希望听你说声
　　　　　多多保重、一路平安……
随着汽笛一声长鸣
　　我踏上人生道路的
　　　第一个落脚点
　　　　带着对生活的追求
　　　　　也带着对你的那份
　　　　　　难以割舍的依恋……
在八百里之大的秦岭之中
　　在苍苍茫茫的林海之间
　　　孤独……
　　　　　寂寞……
　　　　　　惆怅……
　　　　　　　回忆……
　　　　　　　　追寻……
　　　　　　　　　期盼……
伴我度过了
　　日日、月月、年年

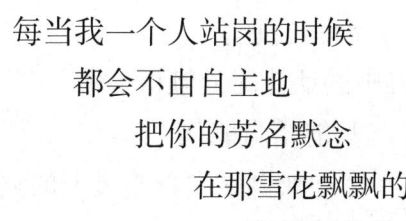

每当我一个人站岗的时候
　　都会不由自主地
　　　　把你的芳名默念
　　　　　　在那雪花飘飘的寒夜
　　　　　　　我想起你的往事
　　　　　　　　　　便会觉得心里温暖
我常常对着北京的方向
　　在心里做着无声的祈祷
　　　　衷心地为你祝福
　　　　　　真诚地说一声抱歉
我常常幻想
　　有一天会收到你的信件
　　　　带着友情
　　　　　　带着温馨
　　　　　　　　带着惦念……
然而这是不可能的
　　尽管我每次都把通讯员的
　　　　　　口袋找遍……
如果我给你写封信
　　也许就不会这样
　　　　也许会发生一个好的开端……
也许我们会鸿雁传情
　　也许我们的关系会有所改变……
　　　　也许……
　　　　　　也许……
　　　　　　　　也许已成为历史
　　　　　　　也许已成了
　　　　　　　　　我心中永久的锁链……
打不开、砍不断

秦岭啊 你作证

情思万缕理还乱
　　心中的话儿无处倾诉
　　　　只能暗自悲伤
　　　　　　独自忍受着心灵上的熬煎……
只有在登上山顶的时候
　　我的心才能得到一些宽慰
　　　　仿佛化作了一只小鸟
　　　　　　越过千山万水
　　　　　　　　飞到了京城
　　　　　　　　　　飞到了你的身边……

就这样怀着忧郁
　　怀着依恋
　　　　在大山里度过了
　　　　　　漫长的四年
回到京城
　　我时续时断地
　　　　打听你的消息
　　　　　　盼着能见上你一面
听说你在外交部礼宾司工作
　　我就对外交活动产生了好感
　　　　总想在电视里看到你的笑脸
　　　　　　又听说你调到了光明日报
　　　　　　　　我就对光明日报特别爱看
仿佛那上面都是你的笔迹
　　好像你就隐身在
　　　　那报纸的字里行间
大约是在六年前的一天
　　我在报上看到了你的名字

是《为读者服务》的责任主编
记得当时
  我只觉得眼前忽然一亮
   我拿着报纸
    仔细地看了几遍……
没错
  你那散发着芳香的名字
   跳进了我的脑海
    激起了层层波澜……
那一次
  我偷偷地吻了一下你的名字
   因为我没有你的照片
    我说的都是实情
     一点都不带谎言
于是我试探着
  给你写了一封信
   不知道你收到没有
    但是我一直都没有
     放弃对你的追寻
      对你的呼唤……
可以说
  你是我人生道路上
  第一个让我心动的姑娘
    也就是
     这一次朦朦胧胧的初恋
      使我永生不能忘记
      使我这颗思念的心
       永远不变……
当然,这一切

都只能在心中编织
　　都只能在梦中实现……
我不想表示自己
　　有多么清白高尚
　　　　我不是英雄豪杰
　　　　　　也不是什么圣贤
只是想把这珍藏了
　　二十二年的情谊送给你
　　　　筑起你我之间这小小的秘密
　　　　　　这是我的心愿

你也许还记得
　　我们在一起出黑板报
　　　　我也经常想起
　　　　　　我们三夏时的野营拉练……
还有那内燃机厂
　　学工的往事
　　　　更难忘在亦庄牛场
　　　　　　那夏日的夜晚……
毕业的时候
　　我没好意思
　　　　向你要个纪念品
　　　　　　直到接到了入伍通知书
　　　　　　　　也没有当机立断

只好把你亲手交到
　　我手上的五分钱团费替换下来
　　　　那是三枚硬币
　　　　　　那上面有你的指纹
　　　　　　　　于是我就把它们带上了征程
　　　　　　　　　　有空就拿出来看上一眼

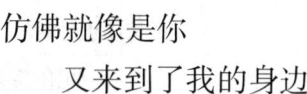

仿佛就像是你
　　　又来到了我的身边

你一定觉得我很可笑
　　也许会认为我这是一个
　　　　非常无聊的笑谈
　　　　　　但是，我想不会
　　　　　　　你我终归在一个班里
　　　　　　　　度过了五年的时间
　　　　　　　　　同时，这也是我的
　　　　　　　　　　一份真情实感

那天
　　在美术馆门前
　　　　我真的没想到你会到来
所以
　　当你出现的那一瞬间
　　　　我的心仿佛
　　　　　一下停止了跳动……
　　　　　　　接着便是热血沸腾
　　　　　　　　心中涌动着千言万语
　　　　　　　　　思绪就像马儿奔驰在
　　　　　　　　　　辽阔的草原……

我感到
　　就像一个在黑暗中行走的人
　　　突然看到了一线曙光
　　　　又像是一个破碎的梦
　　　　　　瞬间得到了真实的显现……

二十二年了
　　我回忆过多少次

秦岭啊　你作证

　　　你的身影
　　　　　你的容颜
　总是梦想有一天
　　　你会出现在我的面前
　　　　　但是我真是不敢相信
　　　　　　　这个奇迹居然出现了
　我的心情兴奋极了
　　　就像是达到了幸福的顶点
　　　　　既感到万分激动
　　　　　　　又感到心慌意乱……
　当大家在唱歌跳舞的时候
　　　我真的想邀请你跳几个舞
　　　　　唱几首歌
　　　　　　　但是我没敢这样做
　　　　　　　　因为我不知道
　　　　　　　　　你还是否记得我
　　　　　　　　　　你会对我怎样看
　我怕被你拒绝
　　　失而复得的宝贝
　　　　　更值得加倍珍惜
　　　　　　　更得用心去交换
　我不敢正视你
　　　害怕看到你那双
　　　　　美丽的双眸
　　　　　　　只有在摄像机里
　　　　　　　　才能偷偷地看你几眼
　你也许不知道
　　　我是下了多大的决心
　　　　　鼓了半天的勇气

才跟你要了一张名片
在那一瞬间
　　我仿佛完成了一次
　　　　极大的跨越
　　　　　　在时间的隧道里
　　　　　　　　我一下子回到了
　　　　　　　　　　二十二年前的校园……
虽然我们之间
　　只说了几句简单的话
　　　　但是对我来说
　　　　　　却不亚于拂面的春风
　　　　　　　　更像是一股清凉的甘泉
　　　　　　　　　　流进了我这干枯了
　　　　　　　　　　　　二十二年的心田……
因此我有了火一样的激情
　　也有了写诗的灵感
　　　　真的
　　　　　　我十万分的感激你
　　　　　　　　我为当年的冒失
　　　　　　　　　　而向你真诚地道歉
我真的没有想到
　　你我相见是这样的神奇
　　　　这样的突然
　　　　　　既有些传奇的色彩
　　　　　　　　又像小说中描绘的一般……
我就像站在过去的码头上
　　看到了未赶上的
　　　　二十二年前的温柔客船
　　　　　　船票虽然已经过期

　　　　　我的心却依然如故
顷刻间宛如
　　冰融雪化
　　　　山花烂漫……
我会永远记住
　　这个风和日丽的日子
　　　　老友重逢
　　　　　　知音相见
　　　　　　　　回头凝望
　　　　　　　　　　岁月蹉跎
　　　　　　　　　　　　往事如烟……
一九九八年十月三十一日
　　缘分把我们带回了
　　　　　久远的学生时代……
使我们
　　重温起依稀的梦
　　　　回忆起那一幕幕
　　　　　　难忘的场景
　　　　　　　　去追寻那一个个
　　　　　　　　　　诗一样的瞬间……
初冬已经到来
　　过不了许久
　　　　我们便会迎来
　　　　　　阳光明媚的春天
　　　　　　　　我也会走出
　　　　　　　　　　那条思念的深渊……
你没有太大的变化
　　声音未改
　　　　容貌依然

只是多了一些成熟
　　多了一些温柔和委婉
　　　和梦中的你没有差别
　　　　难怪我在怀疑
　　　　　是不是在梦中
　　　　　　和你相见……
梦里的你总是
　　来去匆匆
　　　忽隐忽现
　　　　刚一说话就不见了身影
　　　　　想要握握你的手
　　　　　　更是比登天还难
见到你的
　　那一瞬间
　　　我的血在沸腾
　　　　我的思绪一下
　　　　飘向了天边
　　　　　飞向了遥远的
　　　　　　尘封的挂牵……
我说的这些
　　你也许不会相信
　　　但我确实没有夸张
　　　　更不是信口瞎编
真是想相见
　　又怕相见
　　　千言万语胸中涌
　　　　话到嘴边往回咽
不知怎样能开口
　　急得暗地直出汗

秦岭啊 你作证

你的生活怎么样
　　　是否幸福与圆满
好几次想跟你说
　　　真的好想你
　　　　我也真的有几次
　　　　　在梦中把你呼唤——
　　　　　　你是我心中神圣的女神
　　　　　　　你是我眼里若隐若现的貂蝉……

二十二年的分别
　　　你还是那么富有韵味
　　　　还是那么活泼可爱
　　　　　还是那么善解人意
　　　　　　那么使人留恋……
我不是诗人
　　　可是这次见到你
　　　　我忽然来了灵感
　　　　　每天写诗
　　　　　　到深夜一两点
　　　　　　　心里的话
　　　　　　　　写不尽
　　　　　　　　　诉不完……

真挚的情
　　似大海
　　　像高山
　　　　今天你我得相见
　　　　　想是苍天终有眼
　　　　　　让我把话说个透
　　　　　　　让我把情诉个完

这是一份迟来的爱
　　这是一首发自心灵的诗篇
　　　　今日能够见到你
　　　　　　此生再没有遗憾
　　　　　　　　有的只是
　　　　　　　　　　更多的失眠……

你不知道
　　今天说的这些话
　　　　在我心里酝酿了
　　　　　　多少个日日夜夜
　　　　　　　　每句话都是
　　　　　　　　　　真挚的肺腑之言……

见到你以后
　　就像是
　　　　阳电遇上了阴电
　　　　　　立刻就迸发出了
　　　　　　　　热烈的火花雷鸣电闪……

如果是我和你单独相遇
　　那么
　　　　我一定会邀请你
　　　　　　看一场电影
　　　　　　　　共进一次晚餐
　　　　　　　　　　或者走进静静的园林
　　　　　　　　　　　　把分别之后的情谊畅谈

见到你
　　我就像是一道决了口的
　　　　感情大堤
　　　　　　因为这个喜悦来得太神奇
　　　　　　也更突然

一时使我手足无措
　　　心慌神乱……
看着你就在眼前
　　我的心里激动万分
　　　　可就是不敢向你问一声好
　　　　　　这一点我不配当一个男子汉
心爱的朋友
　　虽然我们流失了过去
　　　但是从今天开始
　　　　我们会拥有将来
　　　　　会把友谊延伸到永远……
我无法当面向你倾诉
　　　这些发自心中的语言
　　　　　只有在这首诗里抒发
　　　　　我心中的情感
　　　　　　　永无穷尽的思绪
　　　　　　　　隐藏在普通的
　　　　　　　　　　字里行间……
我只有一个心愿
　　让我们做一对好朋友
　　　　互相理解
　　　　　　互相帮助
　　　　　　　以诚相待
　　　　　　　　无话不谈……
打个电话
　　说一声祝福
　　　写一封信
　　　　随便聊聊天
　　　　　不知道你是否能满足

-362-

我这个小小的心愿

期盼了多少年啊
　　一天又一天
　　　　中学时的日记
　　　　　　翻了不知多少遍……
也许我这是自作多情
　　也许我这是一厢情愿
　　　　但是
　　　　　　我现在已经很知足了
　　　　　　　　因为我只要能看上你一眼
　　　　　　　　　　就很愉快
　　　　　　　　　　　　就像蜜一样甘甜

二十二年的风风雨雨
　　我们都已经步入了中年
　　　　少了许多天真
　　　　　　也少了许多浪漫……
但是我们却增加了
　　许多成熟和理智
　　　　还有一些小小的腼腆
二十二年的分离
　　蕴育了相逢时的喜悦
　　　　突然间的相见
　　　　　　使人不敢相信这是奇缘
这些天来
　　我多少次想打个电话给你
　　　　听一听你的声音
　　　　　　和你好好地谈一谈……

秦岭啊　你作证

但是我不知道
　　　你是否愿意听我说话
　　　　　会不会让你心烦
　　　　　　　只有在这夜深人静的时候
　　　　　　　　我才能源源不断地
　　　　　　　　　　把你回味和思念……
如果这些充满真情的诗句
　　　从笔尖流出变成了诗歌
　　　　　送到你的手里
　　　　　　　映入你那迷人的双眼
　　　　　　　　那将是我最大的幸福
　　　　　　　　　也了却了我
　　　　　　　　　　　二十二年的心愿……
这些年来
　　　我的心充满了抑郁
　　　　　生活中总感觉
　　　　　　　有些纠结
　　　　　　　　　有些缺陷
　　　　　　　　　　就像是钻进了
　　　　　　　　　　　　感情的牛角尖……
没想到
　　　我的愿望真的实现了
　　　　　牛角居然被执着的毅力击穿……
我的心得到了解放
　　　我的眼前
　　　　　出现了绚丽的彩虹
　　　　　　　出现了明媚的艳阳天
假如时光能够倒流
　　　假如岁月可以回转

我一定会重新选择生活之路
　　　　我一定会向你献上真情一片……
但是这已经成为过去
　　成了永远的遗憾……
　　　　也许我们根本就走不到一起
　　　　　　但起码我们不会失去
　　　　　　　　做朋友的机缘
你是一颗闪光的宝石
　　永远地镶嵌在我的心里
　　　　你是一只美丽骄傲的小鸟
　　　　　　把我的心
　　　　　　　　带到了蔚蓝的天边……

手中的笔停不住
　　心中的情诉不完
　　　　想你的思潮汇成了海
　　　　　　悔恨的石头堆成了山……
这些年
　　我把你的一切故事
　　　　深藏在心里
　　　　　　不向别人诉说
　　　　　　　　就像密封的铁桶一般……
今天见了你
　　心中禁不住涌起了
　　　　千言万语
　　　　　　难以言表
　　　　　　　　心海里泛起了汹涌的
　　　　　　　　　　浪涛波澜……
你我重逢

秦岭啊 你作证

　　你可能会觉得无所谓
　　　　但是对我
　　　　　　却是重见了光明
　　　　　　　　就像是漂泊的船儿
　　　　　　　　　　看到了大陆的岸边……
我们相聚的那天
　　我是多么希望
　　　　地球停止转动……
　　　　　　让时光永远定格在
　　　　　　　　这美好的一天
你同别人说话的时候
　　我只能在一旁喝茶吸烟
　　　　只能在心里默默地与你交谈……
　　　　　　真想和你单独地坐一会儿
　　　　　　　　但又怕引起别人的猜疑
　　　　　　　　　　更怕引起你的反感
我怕一有不慎
　　会再次失去与你
　　交往的机会
　　　　不知道又要在心灵上
　　　　　　承受多少年的折磨
　　　　　　　　忍受多少年熬煎……
我不敢有太多的奢望
　　也不敢有非分的企盼
　　　　只希望你能接受
　　　　　　我这迟来的抱歉
我相信
　　你能理解我的心情
　　　　我永远是你真诚的挚友

你永远是我心中的
　　明灯一盏
让我们用真诚
　　把友谊之树培育
　　让我们用理智
　　　　把生命之花浇灌
　　　　　让我们的生活五彩缤纷
　　　　　　让我们的未来辉煌灿烂……
这就是我对你的祝福
　　这就是我二十二年来的心愿
　　这就是我对你的梦想
　　　　这就是我二十二年来的思念
　　　　像火一样的热
　　　　　　像石一样的坚……

这一切倾诉
　　都只是对你一个人
　　　任凭风吹浪打
　　　　任凭地覆天翻
　　　　我的真情永在
　　　　　　直到海枯石烂……

　　　　　　　1999 年春节前写于北京

秦岭啊　你作证

诗词歌赋作品集

后　记

　　退休以后，有大把的时间，身体还算可以，家中又没有什么大的负担，于是就拾起了写诗作赋的爱好。尤其是在2016年2月28日"北京战友从军四十周年"的联谊会上，配乐朗诵了我的诗歌作品《秦岭啊，你作证》之后，在战友群和朋友圈里都引起了热烈的反响，各种赞美之词不绝于耳，点击阅读的数量日益增多，制成链接视屏发到腾讯视频上以后，阅读的数量居然达到了两万多次。这一下子就激活了自己对诗歌创作的极大热情和活力。于是，我便开始翻箱倒柜把几十年积存下来的数十首诗歌找了出来，在稍加修饰润色之后，就变成了一首首充满了浪漫色彩的现代诗歌。

　　每当夜深人静之时，我常常会对自己的诗歌一次又一次审读，这也算是王婆卖瓜，自卖自夸，关起门来，孤芳自赏吧！当自己看到一篇又一篇的诗歌得到社会的承认，在百度上面居然也能查到自己的名字和为数不少的诗歌作品时，心里面真是高兴极了。我心想：上了百度就

说明自己写的诗歌作品还是有一定政治素养和艺术水准的。既然能够进入审核部门工作人员的法眼,也就算是通过了政治上的审查,自己为何不趁热打铁把诗歌汇编成集呢?现在国家和政府都在大力提倡文化自信,发扬光大中华民族的传统文化是每一个公民的义务。如果能用自己绵薄的写作能力,为中华民族诗词歌赋这块璀璨的文化艺术瑰宝增光添彩的话,自己岂不是三生有幸吗?

基于上述想法,我便产生了要出版自己的处女作——诗词歌赋作品集《秦岭啊,你作证》的美好初衷。

但愿自己的这部诗词歌赋作品集《秦岭啊,你作证》,能够得到广大读者的认可和喜爱,并伴随着时代的大潮乘风破浪去迎接在东方水面上那喷薄而出的一轮朝阳。

诗一定要美,心一定要甜。情一定要真,梦一定要圆。

范爱军

2018年8月18日于北京

图书在版编目（CIP）数据

秦岭啊　你作证 / 范爱军著. -- 北京：北京燕山出版社，2019.7
ISBN 978-7-5402-5390-5

Ⅰ.①秦… Ⅱ.①范… Ⅲ.①诗词 - 作品集 - 中国 - 当代 Ⅳ.①I227

中国版本图书馆 CIP 数据核字（2019）第 102523 号

秦岭啊　你作证

著　　者：范爱军
责任编辑：满　懿
装帧排版：李进明
封面设计：李进明
出版发行：北京燕山出版社
社　　址：北京市丰台区东铁营苇子坑路 138 号
邮　　编：100078
电话传真：86-10-65240236（发行部）
　　　　　86-10-65240430（总编室）
经　　销：各地新华书店
印　　刷：北京银祥印刷有限公司
开　　本：787×1092 1/16
字　　数：161 千字
印　　张：24
版　　次：2019 年 7 月北京第一版
印　　次：2019 年 7 月北京第一次印刷
定　　价：58.00 元

燕山版图书，版权所有，侵权必究。
燕山版图书，印装错误可随时退换。